천마님, 부활하셨도다

천마님, 부활하셨도다 7

정영교 新무협 판타지 소설

초판 1쇄 찍은 날 § 2017년 7월 10일
초판 1쇄 펴낸 날 § 2017년 7월 17일

지은이 § 정영교
펴낸이 § 서경석

편집책임 § 신보라

펴낸곳 § 도서출판 청어람
등록번호 § 제387-1999-000006호
등록일자 § 1999. 5. 31
어람번호 § 제2-2713호

주소 § 경기도 부천시 부일로 483번길 40 서경B/D 3F (우) 14640
전화 § 032-656-4452 팩스 § 032-656-4453
http://www.chungeoram.com
E-mail § chungeorambook@daum.net

ISBN 979-11-04-91390-7 04810
ISBN 979-11-04-91193-4 (세트)

천마님, 부활하셨도다

정영교 新무협 판타지 소설

FANTASTIC ORIENTAL HEROES

7

도서출판 청어람

천마님, 부활하셨도다

目次

44장

동검귀下

공교롭게도 무림에 있어서 일인자가 존재한 적은 역사상 단 한 번도 없었다.

그것은 만물의 이치와도 같이 무공에 있어서도 상극이 존재했기 때문이다.

선마혈(仙魔血)이라는 세 명의 초인이 패권을 다투던 천 년 전과 마찬가지로 당금 중원무림은 다섯 절대자가 그 균형을 이루고 있었다.

그들을 오황(五皇)이라 일컬었다.

오황이라 불리는 이들은 각기 중원을 다섯 등분하여 각자의 영역에서 최고의 호칭을 가지게 되었다.

"이들 중에 가장 최고는 누굴까?"

그것은 모든 무림인의 화두였다.

불과 몇백 년 전에는 화산에 모여 무림의 영웅들이 천하제일을 다투기도 했다.

하지만 그 옛날과 달리 다섯 명이 동시에 모여서 겨룬 적은 없었다.

물론 오황 개개인별로 실력을 겨루거나 다툼이 일어난 적은 종종 있었다.

가장 대표적인 예가 과거, 전 오황이던 북호투황과 서독황의 생사투이다.

독이 통하지 않는 북호투황의 신공으로 인해 서독황이 중상을 입고 서역 백타산으로 다시 돌아가야 했던 사건이다.

그렇게 들려오는 소식들은 무림사에 있어서 수많은 화두를 낳았다.

그런데 유독 오황 중에서 유일하게 그 존재가 불분명한 자가 있었다.

그는 바로 동쪽 무림의 패자라 불리는 동검귀였다.

워낙 소문만 무성한 그는 이름조차 제대로 알려져 있지 않았다.

"진짜 귀신이라는 말도 있던데."

"아녀. 실은 중원인이 아니라는 말도 있어."

"전신에 화상을 입어서 얼굴을 보이지 않는다고 하던데?"

이런 해괴한 이야기들 속에서 동검귀에 대해서 공통적으로 얘기하는 부분도 있었다.

그 별호의 기원이 검을 다루는 실력이 인간이 아닌 귀신과도 같다는 것이었다.

상해로 들어온 무림 문파나 무림인 중에서 동검귀의 손아귀에서 살아남은 자는 극소수에 불과하다고 했다.

살아남은 이의 대다수가 매우 운이 좋게도 동검귀를 보지 못한 경우였다.

매선화가 보낸 정보에 동검귀를 볼 수 있는 방법은 비교적 쉽다고 적혀 있었다.

상해 내에서 무인임을 증명해 보이면 동검귀가 반드시 찾아온다.

천마는 눈앞의 죽립인이 그라고 확신했다.

본의 아니게 흑마대의 복면인들을 상대했는데, 그것만으로 자신을 찾아오리라고는 생각지 못한 천마였다.

'이놈도 제정신은 아니군.'

좌악!

순식간에 열 자루의 보검이 천마의 요혈을 노리고 쇄도해 왔다.

천마는 유연하게 검망을 만들어내 보검들을 쳐냈다.

그런데 천마가 쳐낸 보검들이 이내 끊임없이 새로운 초식을 만들어내며 압박해 왔다.

'제길, 성가시군.'

죽립인이 펼치는 이기어검(以氣御劍)은 치밀하면서도 놀라웠다.

마치 열 명의 검객이 물샐틈없이 연계하여 압박해 오는 듯한 착각마저 들었다.

현경에 경지에 올랐다고 해도 열 자루의 보검으로 이기어검을 펼치기 위해서는 그 정신력의 소모가 보통이 아닐 것이다.

'칫, 여유가 있다면 조금만 시간을 끌어도 될 텐데.'

이기어검의 약점은 분명했다.

단지 문제는 약선의 출혈로 인해 최대한 빨리 승부를 봐야 한다는 점이다.

불리한 상황이었기에 천마의 안색이 나빴다.

"후우, 후우……."

반면 이기어검을 펼치는 죽립인 역시도 그리 표정이 좋지 못했다.

가려진 얼굴엔 땀방울이 송골송골 맺혀 있었다.

죽립인 역시도 열 자루로 이기어검을 펼치는 것은 실제로 처음이었다. 물론 수많은 연습을 통해 열 자루에 익숙하긴 했으나 천마와 같은 절세고수를 상대로 펼치는 실전은 달랐다.

'여덟 자루도 벅찼는데 열 자루는 심력 소모가 너무 크다.'

만약 천마가 그저 흔한 무림의 고수였다면 승부가 금방 났을 것이다.

열 명의 절세검객이 검초를 펼치는 상황 속에서 버틸 수 있는 고수는 중원을 통틀어 열 손가락을 넘어가지 못했다.

'한 번도 같은 초식을 펼치지 않았다. 이자는 정말 괴물이다.'

천마는 검초를 펼치면서 한 번도 중복된 초식을 보이지 않았다.

그 상황에 맞게 적절한 초식을 새롭게 창안해 가고 있는 것이다.

그야말로 대종사에 걸맞은 실력이었다.

'대단하군. 이 상황 속에서 저 집에 피해가 가지 않도록 하다니…….'

어느새 그들의 대결은 보가원의 건물에서 떨어져 있었는데, 그들 정도의 절세고수들이 대결을 펼치면 주위의 피해가 막대하다.

그런데 천마는 교묘하게 보가원의 건물에 영향이 가지 않도록 하고 있었다.

'오황이 아니면 누구도 나에게 안식을 줄 수 없다고 생각했는데… 이자라면 가능할지도…….'

조금만 더 겨루면 숙원을 이룰 수 있을 것 같았다.

그러기 위해서는 전력을 다해야만 했다.

어설픈 공격으로 당한다면 유지를 어기게 되니까.

"이봐, 적당히 해라! 네놈과 승부를 봐야 할 이유가 없다!"

천마가 열 자루의 보검으로 펼치는 이기어검의 검초들을 막으며 소리쳤다.

벌써 반 각에 가까운 시간이 흘렀다.

이 이상 시간이 지난다면 약선을 살릴 수 없게 된다.

'아직 저 늙은이한테서 중요한 말을 듣지도 못했는데.'

"미안하구려."

그때 천마를 향해 쇄도하던 열 자루의 보검이 허공에서 멈췄다.

말이 통한 건가 생각했는데 아니었다.

죽립인의 시선이 어느새 보가원의 건물로 향해 있었다.

"아무래도 전의를 전부 끌어 올렸다고 생각했는데 그게 아닌가 보오. 그대가 저곳에 신경 쓰지 않게 해주겠소."

"뭐?"

그 말과 함께 죽립인이 보가원의 건물을 향해 손을 뻗자 열 자루의 보검 중 다섯 자루가 빠른 속도로 건물을 향해 날아갔다.

천마의 표정이 순식간에 싸늘하게 굳었다.

"이 새끼가 정말!"

그때였다.

죽립인은 갑작스럽게 벌어진 현상에 눈을 의심해야 했다.

분명 방금 전까지 낮이었는데 두 눈의 시야가 어두워지며 아무것도 보이지 않았다.

하지만 그것은 아주 찰나의 순간에 불과했다.

"엇?"

시야가 어두워지는 그 짧은 순간에도 이기어검을 펼치던 것을 멈춘 적은 없었다.

그런데 보가원에 날린 보검과 기의 연결이 끊겼다.

이상하다 여긴 죽립인이 보가원을 바라보았는데, 그곳을 향해 빠르게 쇄도하던 보검들이 허공에 떠 있는 알 수 없는 검은색 구에 꽂혀 있었다.

'저게 뭐지?'

검은 구에서 느껴지는 것은 아득한 어둠이었다.

보는 것만으로 침체되고 저 짙은 어둠에 먹혀들어 가는 것 같았다.

이 기운은 분명 마기(魔氣)였다.

'설마 마기가 유형화된 것인가?'

마기는 마인들이 마공을 익히면서 생기는 무형의 기운이다.

그런데 저렇게 짙고 심연과도 같은 어둠이 유형화된 것은 처음 보았다.

죽립인은 무공을 대성하면서 어떠한 적을 상대하더라도 위험하다거나 공포를 느껴본 적이 한 번도 없었다.

그런데 저 검은 구는 매우 위험하다 여겨졌다.

'일단 검부터 회수해야겠어.'

죽립인은 검은 구에 꽂혀 있는 검을 향해 손을 뻗어 기를 보냈다.

그런데 꽂혀 있는 검이 꿈쩍도 하지 않았다.

'어째서?'

"어딜 한눈파는 거냐?"

"앗?"

어느새 그의 바로 앞에 천마가 도달해 있었다.

잠시 한눈팔고 있는 사이에 천마가 허공에 떠서 견제하던 다섯 자루의 보검을 지나쳐 쇄도해 온 것이다.

'뭐지, 저 검은?'

천마의 손에 들려 있는 현천검이 완전히 검게 물들어 있었다.

그것은 검은 구에서 느껴지는 기운과 동일했다.

'위험해!'

죽립인은 왼손으로 다섯 자루의 보검을 끌어당기면서 보법을 펼쳐 거리를 벌리려 했다.

하지만 한번 좁혀진 거리를 다시 벌리기란 쉽지 않았다.

"흥!"

천마의 현천검이 그의 목을 꿰뚫을 기세로 찔러들어 왔다.

결국 죽립인은 이기어검을 펼치던 공력을 전부 회귀시켜 직접 검지로 검강을 펼쳤다.

확실히 검귀라 불릴 만큼 직접 펼치는 검초 역시도 보통이 아니었다.

"제법이군."

파치치치치치!

"크흑!"

검게 물든 현천검과 검강이 맞닿자 눈부신 뇌전이 발생하며 죽립인이 뒤로 튕겨져 나갔다.

분명 검에 두르고 있는 검은 기운은 검강이 아니었는데 검강의 위력을 훨씬 상회하고 있었다.

더욱 놀라운 것은 저 검은 기운이 죽립인이 공력으로 강기를 응집하는 것을 방해했다.

'대체 이게 무슨 영문이지?'

이윽고 오른손 검지로 발하던 검강이 꺼지는 불꽃처럼 산

화했다.

"아직 완전하진 않군."

천마가 현천검에 둘러진 검은 기운을 바라보며 중얼거렸다.

원래대로라면 검강을 단숨에 파훼하고 죽립인을 통째로 베었어야 하는데 아직 완전하지 못한 것이다.

천마는 마맥에서 순도 높은 마기를 얻어서 체화했고, 현천신공과의 융합을 성공했지만 아직 십이 단공의 경지에 오른 것이 아니었기에 원영신의 경지인 십삼 단공을 펼치는 것이 불완전했다.

십삼 단공이라 지칭하긴 했지만 실제로는 선도를 갈고닦으며 원영신에 새겨진 경지였다. 구현하는 것이 불가능하진 않았지만 현재의 육신으로는 이 정도가 한계였다.

'뭐, 그래도 지금은 이 정도로 충분하다.'

원영신의 경지인 십삼 단공은 인세의 힘을 넘어선다.

인세에 영향을 줄 수 있다는 이유만으로 천 년의 수련으로 얻은 마기를 봉인당했다.

그때의 봉인으로 인해 천마는 혹여 인세를 넘어선 힘을 발휘해서 선계에서 또 다른 제지를 당할까 봐 십삼 단공을 쓰는 것을 최대한 자제했다.

'봉인된 천 년의 마기 정도의 수준이 아니면 괜찮은가 보군.'

천마는 대수롭지 않게 생각했지만 그가 천 년 동안 수련한 마기는 인세의 균형을 무너뜨릴 수 있을 만큼의 위력을 지녔다.

원시천존이 그 힘을 없애라고 명한 것은 그런 최악의 사태를 막기 위함이었다.

십삼 단공을 펼치면 다시 시간이 멈추고 영적인 세계가 펼쳐지며 노선인이 나타날까 걱정했는데 그런 일은 벌어지지 않았다.

"후우, 그럼 마무리를 해볼까?"

자신을 향해 다가오는 천마를 바라보며 죽립인이 당혹스러워했다.

여전히 공력을 집중해도 흩어지는 현상으로 인해 오른손에는 강기를 응집할 수 없었다.

'정말 기이하구나.'

아직 다른 신체 부위는 멀쩡하기에 싸울 순 있었다.

하지만 이 알 수 없는 검은 기운을 파훼할 방법이 없다면 결과는 뻔했다.

왠지 모르게 허탈한 마음이 드는 죽립인이다. 그가 원하는 안식은 치열한 싸움 끝에 이뤄지는 것이었다.

'나에게 버금갈 고수가 아니라 그보다 훨씬 높은 경지에 이른 자였나?'

고작 약관으로 보이는데 놀라웠다.

그렇게 바라오던 안식이었지만 그 실력의 간극이 크다고 느껴지니 왠지 모르게 억울한 마음도 들었다.

수많은 생각이 교차했지만 결국 죽립인은 자신의 패배를 받아들였다.

투투투투툭!

허공에 떠 있던 다섯 자루의 보검이 바닥에 힘없이 떨어졌다.

반면 자신이 적의를 가지고 다가가는데도 더 이상의 전의가 느껴지지 않는 죽립인의 모습에 천마는 화가 치밀어 올랐다.

'이 자식이 사람을 가지고 노나.'

갑자기 나타나서 전의를 끌어 올리겠다며 약선을 중상 입히고 협박을 해대더니 이제는 무방비 상태가 되어 있다.

천마가 코앞까지 다가가자 죽립인이 힘없이 고개를 떨구며 말했다.

"더 겨뤄도 그 검을 파훼할 자신이 없구려. 졌소. 베시오."

경건히 목을 내밀었다.

그런 무기력한 태도에 천마가 다음으로 취한 행동은 아주 간단했다.

"아주 지랄도 가지가지 하는구나."

"뭐요?"

죽립인이 뭐라고 답하기도 전에 천마의 오른손 주먹이 그의 안면에 꽂혔다.

퍽!

"끄헉!"

아무리 절세의 경지에 오른 죽립인이라고 하나 호신기공을 쓴 것도 아닌 무방비 상태로 북호투황의 오른팔을 이식받은 천마의 주먹을 맞았으니 그 고통이 상상을 초월했다.

고작 안면에 한 대 얻어맞았을 뿐인데 눈앞에 별이 보이는 것 같았다.

"아직 안 끝났어, 인마."

"자, 잠깐. 이게 아니라……."

퍼억!

당황한 죽립인이 뭐라고 만류하려 했지만 이미 천마의 주먹은 그의 안면에 꽂히고 있었다.

한번 안면에 꽂힌 주먹은 시작에 불과했다.

살기 넘치는 천마의 눈빛만 보면 정말로 때려서 죽일 작정을 한 것으로 보였다.

"자, 잠깐!"

"뭐가 잠깐이야?"

타타탁!

"읍읍!"

심지어 당황한 죽립인이 뭐라고 말하기도 전에 혈도까지 점했다.

'컥컥! 아니, 이게 아니야!'

격렬한 전투 끝의 안식도 아니고 맞아 죽는 것은 원한 바가 아니었다.

공력을 끌어 올려서 혈도를 점한 걸 풀려고 해도 이상했다.

'공력이 흩어져?'

당황스러워하는 것도 잠시였다.

퍽퍽!

점점 정신이 혼미해져 왔다.

말도 제대로 못한 상태에서 안면만 죽어라 맞으니 쓰고 있던 죽립은 부서진 지 오래였고, 그의 얼굴은 피범벅이 되어서 알아보기도 힘들었다.

"끄르르르……."

얼마나 신명나게 맞았는지 입에서 거품마저 일었다.

한참을 그렇게 정신없이 때리던 천마는 순간 아차 하는 생각이 들었다.

머리끝까지 열이 받은 것은 둘째 치고 약선이 위험했다.

슉!

천마는 급히 경공을 펼쳐 보가원으로 들어갔다.

마당에 도착하니 바닥에 피를 흘리면서 쓰러져 있어야 할 약선이 보이지 않았다.

'뭐지?'

그런데 평상 위로 언제 옮겨놨는지 복면인과 유백이 곱게 눕혀져 있었다.

물론 자세가 삐뚤삐뚤한 것이 겨우 올려놓은 것 같았다.

"음?"

약선이 쓰러져 있던 곳의 피가 보가원의 건물 마루에서 방 안까지 이어져 있었다.

아무래도 바닥에서 질질 끌고 들어간 듯했다.

천마는 의료원의 방문을 열어보았다.

"하아, 하아……."

방 안에는 식은땀을 흘리며 백양이 약선의 상처 부위를 의료용 바늘로 꿰매고 있었다.

언제 지혈을 했는지 더 이상 피는 흘러나오지 않았다.

"아?"

정신없이 상처 부위를 꿰던 백양이 천마가 들어오자 화들짝 놀랐다.

평화롭던 일상이 그가 나타난 후로 깨졌으니 당혹스러울 만도 했다.

"이, 이……."

뭔가 화를 내고 싶어 하는 것 같은데, 그녀 자신의 몸 상태도 썩 좋지 않았기에 말도 제대로 하지 못했다.

천마가 가까이 다가가자 그녀는 놀라서 바늘을 떨어뜨렸다.

그것을 전혀 신경 쓰지 않고 방 안으로 들어온 천마는 약선의 맥을 짚어보았다.

미약했지만 다행히 위기는 넘긴 것 같았다.

'응?'

그런데 맥을 짚던 천마는 약선의 지혈 점에 남아 있는 공력의 흔적을 발견했다.

이미 지혈 점을 점해서 피가 흐르는 것을 막아놓은 것이다.

낯익은 공력이었다.

'놈이 한 것인가?'

그것은 죽립인과의 싸움에서 느낀 공력과 흡사했다.

아무래도 창을 뽑는 찰나에 지혈 점을 눌러놓은 듯했다.

결국 약선을 죽일 의도는 애초부터 없었다는 것을 의미한다.

'짜증나는 놈이군. 나를 자극하려고 이딴 짓을 했다는 건가?'

그때 백양이 의료용 칼날로 보이는 물건을 잡고 떨리는 손으로 천마를 가리켰다.

식은땀을 흘리면서도 적의가 가득한 눈빛이다.

"뭐 하는 짓이냐, 계집?"

"하아, 하아, 당신, 당신이 뭔데 이곳에 와서……."

"흥!"

탁!

"앗?"

천마가 가볍게 손을 휘젓자 의료용 칼날이 그녀의 손에서 벗어나 벽에 꽂혔다.

놀란 그녀가 어쩔 줄 몰라 하는 차에 천마의 손끝이 백양의 혈을 짚었다.

방바닥에 쓰러진 그녀는 그대로 잠이 들고 말았다.

본인의 몸 상태도 좋지 못한 상황에서 무리를 했으니 약간의 혈을 자극한 것만으로도 곤히 잠든 것이다.

"쯧, 짜증나는구만."

방 안에 쓰러진 두 사람을 비롯해 마당까지 멀쩡한 이가 없었다.

천마는 나가서 고개를 절레절레 흔들며 곰방대에 담뱃불을 붙였다.

마당을 가득 메우는 자욱한 담배 연기만이 천마의 짜증스러운 마음을 대변했다.

한편, 단오절 무렵.

광동성 단하산의 근처로 긴 행렬이 지나가고 있다.

행렬에는 수많은 수레가 일렬로 움직이고 있었고, 얼핏 보이는 수레들에는 곡식과 각종 종자로 보이는 가마니가 실려 있었다.

단오절 무렵에는 수많은 표사가 종자로 익(益)을 남기는 시기이기도 하다.

전국시대 초나라의 시인인 굴원(屈原)이 수차례 초희왕에게 부패를 청산하고 국시(國是) 바로잡기를 요구하다 유배를 당했다.

유배를 당하면서도 나라와 백성을 걱정하며 노심초사하던 굴원은 초나라의 수도가 진나라에 의해 함락되었다는 소식을 듣고 비통한 나머지 멱라강(汨羅江)에 몸을 던져 스스로 목숨을 끊었다.

이 시기가 음력 5월 5일로 그의 우국충정을 기리기 위해 단오절이 유래하였다.

수레에 곡식과 종자가 가득한 것은 단오절에 행사를 치르고 먹기 위함이었다.

멱라강에서 자살을 한 굴원의 시신을 물고기들이 해치지 못하게 하기 위해 음식물을 강물에 던졌는데, 이후에도 그를 애도하기 위해 제사를 지내면서 대나무 통에 찹쌀을 넣어 강에 던지게 되었다.

이런 단오절 무렵에는 종자와 곡식을 실은 행렬이 워낙 많았기에 중원인들에게는 익숙한 풍경이었다.

"행렬을 똑바로 맞춰라!"

"네엡!"

"한시도 경계를 늦춰서는 안 된다!"

"네엡!"

두건에 다섯 손가락이 그려진 복장을 갖춘 표국인들이 엄중히 행렬을 경계 중이다.

다섯 손가락은 해남도의 오지산을 의미하는 것으로 이들은 해남 표국의 표사들이었다.

그들은 하남성의 북단에서 이곳 광동까지 긴 여정을 떠나왔다.

"이제 광동성만 지나면 해남도에 도착하겠구나."

표주(鏢主) 곽웅의 말에 옆에서 나란히 걷고 있던 상급 표사 인금이 고개를 끄덕이며 동의했다.

"그렇습니다. 워낙 긴 여정이라서 걱정했는데 사고가 없어서 다행입니다."

"후후후, 그러게 말이네."

"아무래도 단오절 무렵의 표국행이라 그런 것 같습니다. 하긴 종자 가마니를 노려서 무슨 득이 되겠습니까."

이 시기에는 해남 표국뿐만이 아니라 중원 곳곳의 상단을 비롯해 표국의 대부분이 종자와 곡식을 싣고 행렬한다.

아무리 입에 풀칠을 중요시하는 산적들이라고 해도 이 시기의 행렬만큼은 건들지 않았다.

중원 최대의 명절이면서 행사를 위한 물건들을 어찌 함부로 노리겠는가.

"그래도 다행인 것이 광동은 그자의 영역이니 걱정할 필요가 없겠군."

"기일에 무리 없이 맞출 수 있을 것 같습니다. 하하핫!"

"아?"

단하산 산봉우리의 나뭇잎이 붉은빛으로 물들어갔다.

벌써 해가 반쯤 저물며 하늘이 붉게 노을 지고 있었다.

수레를 비롯한 짐이 많기에 날이 저물기 전에 행렬을 멈추고 야숙할 준비를 해야 한다.

"조금 떨어진 곳에 야숙하기 좋은 넓은 터가 있습니다."

앞서 동향을 살피던 표사가 남동쪽 언덕 너머를 가리켰다.

표사의 말대로 언덕을 넘으니 행렬 전체가 야숙을 할 만큼 넓은 터가 나왔다.

"조를 나누어서 야영 준비를 한다!"

"넵!"

해가 저물고 날이 완전히 어두워질 무렵 야영지가 만들어졌다.

천막을 치고 저녁 식사 준비를 하기 위해 표사들이 분주히 움직이는 때였다.

천막 안에서 표행 일지를 작성 중이던 표주 곽웅의 표정이 묘해졌다.

드드드!

"응?"

일지를 쓰던 붓끝이 흔들리며 글씨가 삐져 나갔다.

긴 여정으로 피곤해서인가 하고 생각하는데, 천막에 떨림이 느껴졌다.

"뭐지?"

의아해하던 차에 천막 바깥에서 외치는 소리가 들려왔다.

"적습이다! 적습이다!"

댕댕댕!

쇠를 울리는 소리와 함께 표사들이 우왕좌왕 움직이는 소리가 들려왔다.

병장기를 뽑는 소리부터 뛰어다니는 것이 요란스러웠다.

그런데 정신없이 시끄럽던 바깥이 순간 일제히 조용해졌다.

"적습? 대체 무슨 일이야?"

놀란 표주는 검집의 검을 뽑아 들고 천막 바깥으로 뛰쳐나갔다.

"헉?"

야영지의 중심부에서 수많은 표사가 긴장한 눈빛으로 누군가와 대치하고 있었다.

횃불에 일렁이는 그림자에 비춘 인물은 고작 한 명에 불과했다.

표주 곽웅은 표사들과 대치하고 있는 남자를 본 순간 표정이 굳어졌다.

"당신은?"

짙은 눈썹에 긴 턱수염의 중년인으로 학사와 같은 고상한 분위기를 풍기고 있었다.

손에 어떠한 무구도 없는 이 중년인을 보면서 왜 표사들이 긴장한 것일까.

그의 등장에 놀라서 잠시 할 말을 잃은 표주 곽웅이 입을 열었다.

"마 대협……."

"오랜만에 보는 얼굴이구려, 곽 표주."

"남마검께서 어이 표행의 야영지로 오신 것이오?"

학사의 분위기를 가진 중년인은 다름 아닌 남마검 마중달이었다.

표주 곽웅은 마중달과 안면이 있는 사이였다.

오황의 일인이면서 남무림의 패자인 그의 등장은 표사들을 긴장시킬 수밖에 없었다.

"이곳은 본좌의 영역이지."

"그걸 표국에서 모를 리가 없지 않소."

"다른 이도 아니고 해남 표국에서 표행을 하는데 옛 지인의 얼굴도 볼 겸 오게 되었지."

여유로운 마중달의 말에 곽웅의 표정이 차츰 심각해져 갔다.

여태껏 표행을 하면서 수십 번도 넘게 광동성을 지나쳤지만 한 번도 얼굴을 비추지 않던 거물이 갑자기 나타났다.

대체 무슨 속셈인 것일까?

마중달이 곡식과 종자 가마니를 실은 수레를 가리키며 물었다.

"무엇을 싣고 가는 것인가?"

"조, 종자와 곡식들이요. 곧 단오절이잖소."

곽웅이 당황한 듯 말을 더듬으며 답했다.

그를 바라보는 마중달의 눈빛은 모든 것을 꿰뚫어 보는 듯한 느낌을 주고 있었다.

곽웅의 이마에서 식은땀이 흘러내렸다.

"단오절. 그렇지. 좋은 날일세. 저 정도 양이면 꽤 익이 남겠군."

"그, 그렇소."

"그런데… 본좌가 관심 있는 것은 종자 가마니가 아닐세."

"대, 대체 무슨 말을 하는 것이오?"

"이것을 말하는 것이지."

끼이이이이이!

말이 끝남과 동시에 마중달이 수레를 향해 손을 뻗자 가마니를 실은 수레들이 좌우로 밀려났다.

수많은 수레가 밀려나자 그 사이에서 다른 것들과 다른 수레가 모습을 드러냈다.

윗부분을 가마니로 쌓아놓았지만 그 밑은 검은 천을 덮어놓은 수레였다.

"잘도 속였군."

"이게 무슨 짓이오? 그, 그만두시오!"

당황한 표주 곽웅이 소리치며 만류했다.

그러나 마중달이 손바닥을 아래에서 위로 뻗자 쌓여 있던 가마니를 비롯한 검은 천이 벗겨졌다.

놀랍게도 천이 벗겨진 수레에는 쇠창살로 이뤄진 이동식 감옥이 있었다.

수레 감옥 내에는 천으로 두 눈을 가리고 심지어 입에 재갈까지 물려놓은 여자가 손과 발이 결박되어 있었다.

도망가지 못하도록 한 것치고는 심한 처사였다.

"……."

그 모습을 바라보는 마중달의 눈빛이 싸늘하게 식었다.

마교에 구금되어 있는 자신의 딸이 떠올랐기 때문이다.

"남마검 마중달! 대체 이게 무슨 짓이오?"

숨겨둔 모든 것이 드러나자 곽웅이 검 끝으로 그를 가리키며 소리쳤다.

표주가 적의를 보이자 마중달과 대치 중이던 표사들도 소지하고 있는 병장기를 꺼내 들었다.

"곽 표주, 저 여인은 본좌가 데려가겠다."

"큭, 지금 그대가 무슨 짓을 하고 있는지 알고 있소? 그분의 뜻을 거스를 작정이오?"

상대는 중원무림에서 가장 강한 다섯 명의 무인 중 한 명이다.

떨렸지만 그보다도 자신들이 모시는 그분의 진노가 더욱 두려웠다.

그분을 거론해서라도 막을 수 있다면 막아야 했다.

드드드드드!

"이, 이게 무슨……?"

곽웅이 쥐고 있는 검신이 요동치듯이 흔들렸다.

그것은 그뿐만이 아니라 표사들이 쥐고 있는 모든 병장기도 마찬가지였다.

"…각오한 바다!"

결의에 찬 마중달의 목소리에 곽웅의 두 눈이 커졌다.

"다, 당신!"

"문답무용. 잘 가게, 곽 표주."

"뭐, 뭐요?"

파악! 푹!

"컥!"

마중달이 가볍게 손을 들어 올리자 곽웅이 쥐고 있던 검이 그의 손을 빠져나와 그 자신의 목을 관통했다.

곽웅은 눈을 부릅뜬 채 허무한 죽음을 맞이하고 말았다.

이것은 시작에 불과했다.

표주 곽웅을 시작으로 표사들이 쥐고 있던 병장기들이 그 손에서 벗어나 허공으로 떠오르더니 무차별적으로 표사들을 찔렀다.

"끄아아아악!"

"크헉!"

해남 표국의 야영지가 순식간에 아비규환으로 변했다.

끔찍하게 울리는 비명 소리 사이로 쇠창살 안에 있는 여인이 몸을 떨었다.

눈을 가리고 입을 막았지만 귀는 열려 있기에.

45장

천마님, 동검귀를 얻다

상해 남쪽 어촌 마을의 의료원인 보가원.

노구에 출혈이 심했던 약선이 정신을 차린 것은 이틀이 지나서였다.

다행인 것은 그 역시도 내공을 갈고닦았기에 망정이지 그렇지 않았다면 죽었을지도 모른다.

정신을 차린 후 천마가 진기를 불어넣는 등 신경을 써준 덕분에 차도는 빨랐다.

처음에는 깨어난 약선에게서 곧바로 자신의 의문점을 풀려고 한 천마였지만, 먼저 깨어나서 회복한 백양이 종일 노려보는 통에 그것을 미뤄야만 했다.

"대체 저들을 어쩔 작정이죠?"

의료원의 상판에 앉아서 유유자적 담배를 피우고 있는 천마이다.

그런 그에게 백양이 불만스러운 얼굴로 물었다.

"뭘 어쩌라는 거냐?"

"이보세요, 여긴 의료원이고 저 창고는 약재를 보관하는 용도거든요."

그녀가 가리키는 곳은 보가원의 약재 창고였다.

약재 창고에는 세 명의 남자가 전신의 혈도가 점해져 밧줄에 꽁꽁 묶여 갇혀 있는 상황이었다.

"엄마얏! 이게 뭐야?"

몸을 추스르고 난 그녀는 약재 창고에 갔다가 이들 탓에 심장이 떨어지는 줄 알았다.

보가원의 마당 상판에 올려놓았는데 어느새 약재 창고에 있으니 말이다.

그중 한 사람은 안면이 너무 심하게 부어서 알아보기도 힘들었다.

'얼마나 때렸으면 얼굴이 걸레가 된 거지?'

의원인 그녀는 상처를 보면 그것이 타박상인지 인위적인 것인지 정도는 구분할 수 있었다.

물론 의원이 아니더라도 남자의 얼굴은 심한 타격에 의한 것임을 쉽게 알 수 있었다.

"당장… 풀어주든지 다른 곳으로 옮기든지 하세요."

"후우~"

매번 약재를 가지러 창고에 갈 때마다 곤욕이었다.

천마는 전혀 개의치 않는지 곰방대의 담배를 빨아 당기며 연신 연기를 내뱉었다.

"으으으!"

화가 났지만 내심 천마가 무서운 그녀는 발만 동동 구르다 방으로 들어가 버렸다.

약선이 어째서 이런 남자를 데려왔는지 이해할 수 없었다.

그녀의 모습이 보이자 않자 천마는 주위를 슬쩍 둘러보더니 마당의 한복판을 향해 손을 뻗었다.

휘리리리릭!

마당의 바닥에서부터 마기가 흑색 운무처럼 회오리치듯이 일어났다.

천마가 손을 이리저리 움직일 때마다 회오리치던 흑색 운무는 자유로운 형태로 변환하여 움직였다.

"흠!"

천마가 끌어당기는 손짓을 하자 흑색 운무가 그에게로 빨려들어 왔다.

손끝이 미세하게 떨려왔다.

'빠르게 적응되어 가고 있다.'

불과 두 달 전만 하더라도 마기를 유형화하면 온몸이 저려왔는데 지금은 심한 부하(負荷)는 일어나지 않았다.

하루도 현천신공의 수련을 그치지 않고 있는 그였다.

북해의 마맥에서 순도 높은 마기를 얻어 체화한 후로 끊임없이 강해지고 있었다.

'멀지 않았군. 예전의 경지를 되찾기까지.'

지금도 오황의 일인과 겨뤄도 전혀 손색이 없는 천마였다.

그럼에도 여전히 원래의 경지에 오르지 않았다면 그의 강함은 대체 어디까지일까?

천마가 상념에 잠겨 있을 무렵, 방에 누워 있던 약선이 마당으로 나왔다.

"이제 좀 걸어 다닐 만한가 보군."

"후우, 그럭저럭 괜찮다오."

어깨에 구멍이 뻥 뚫린 셈이니 멀쩡할 리 없었다.

비틀거리며 걸어 나온 약선이 거친 숨을 내쉬며 평상에 걸터앉았다.

"크으……."

"늙은이가 괜한 무리를 하는군."

아직은 좀 더 안정을 취해야 하는 시기였다.

천마가 인내심을 가지고 그를 지켜보는 것은 그만큼 그를 필요로 하기 때문이다.

"은공보다는 아직 젊으니 괜찮소. 아아, 육신은 아니구려. 크흠."

말은 그렇게 하면서도 그리 부러운 표정은 아니었다.

삶이 쇠하는 것에 큰 미련을 가지고 있지 않은 약선이었다.

"…농을 하는 것을 보니 살 만한가 보군."

천마가 어이가 없다는 표정으로 담배 연기를 내뿜었다.

그런 그에게 약선이 조심스럽게 그때 하지 못한 말을 이어 갔다.

"노부가 알기로 은공께서는 무림의 역사 속에서 몇 안 되는 우화등선을 한 무인으로 알고 있소. 그게 혹시 사실이오?"

"…별게 다 소문이 났군."

천 년 전의 일이 시대를 초월해 여전히 구전되어 왔다는 것에 천마는 의아해했다.

그것은 무림사, 즉 역사에 남았다는 말이다.

약선을 통해서 그 사실을 듣고 나니 왠지 기분이 나쁘지 않았다.

"사, 사실이었구려! 그럼 은공은… 선인이 된 것이오?"

천마의 얼굴이 급격하게 굳었다.

농담을 던졌을 때도 유연하게 받았는데, 선인이 되었냐는 말에는 반응이 달랐다.

'설마… 화가 난 건가?'

그도 그럴 것이 천 년 동안 선도를 수련했다.

아주 조금만 더 있었어도 선계로 진입할 수 있었는데 부활 의식으로 인해 무산되고 말았다.

그 분노는 절대로 가벼운 것이 아니었다.

오싹!

가까이 있는 것만으로도 오한이 느껴질 만큼 강렬한 살기는 부상을 입은 약선이 견디기에는 너무 가혹했다.

"쿨럭쿨럭!"

약선이 피가 섞인 기침을 하자 사방으로 퍼지던 살기가 가라앉았다.

그가 일부러 그런 말을 하지 않았다는 것을 알고 있지만 화가 나는 것은 어쩔 수가 없었다.

'뭔가 사연이 있는 듯한데, 괜히 건드렸다간 사달이 나겠구나.'

살아온 세월만큼 눈치가 빠른 약선이었다.

보아하니 선인에 관련된 무언가가 틀어졌음이 틀림없었다.

하긴 멀쩡히 우화등선을 한 사람이 본인의 육신도 아닌 다른 사람의 몸에 있는 것이 이상하긴 했다.

"…우화등선을 한 것이 어쨌단 말이냐?"

"흠흠, 그게… 아무래도 은공은 단순히 부활한 것이 아니라 어쩌면 인간의 육신에 강림했다고 보는 것이 맞을 것 같소."

"강림?"

강림(降臨).

그것은 신적인 존재가 인세로 내려옴을 의미한다.

약선이 이것을 거론하는 것은 천마가 우화등선을 했기에 단순한 혼(魂)이 아닌, 인간을 초월한 존재가 되었다고 추측했기 때문이다.

"그렇지 않고는 두 눈이 붉지 않은 것을 설명할 길이 없소."

"흐음……."

약선의 그러한 추측에 천마가 신음성을 흘렸다.

금지된 의식으로 부활하기는 했지만 분명 다른 점이 있기는 했다.

천 년 동안이나 선도를 갈고닦은 그의 혼은 선인이 되기 직전의 반선(半仙)이나 마찬가지였다.

"은공의 혼이 우화등선을 하면서 좀 더 신(神)에 가까웠기에 육신에 동화된 것이라 노부는 생각하오."

"…그래서였나?"

어느 정도 납득이 갈 만한 추측이었다.

한 차원 높은 혼이 육신에 강림함으로써 억지로 되살아난 부작용이 아니라 자연스레 동화된 것이었다.

이것은 선도를 닦은 천마의 혼이었기에 가능한 일이었다.

"잠깐! 그렇다는 건 고차원적인 혼이 아니라면 부활해서 부작용을 반드시 겪는 것인가?"

만약에 자신을 제외한 혈교의 무리가 부활해서 부작용을 반드시 겪는다면 굳이 붉은 눈을 확인할 필요가 없는 것이다.

기대감에 가득 찬 천마의 질문에 약선이 곧바로 대답하지 못하고 잠시 생각에 잠겼다.

삼대금서에서 혼을 서술해 놓은 두 책을 읽기는 했으나 모든 해답이 나오는 것은 아니었다.

"은공, 혼백진경에 이런 구절이 있던 것 같았소. 혼이 신적인 존재가 되는 것은 양(陽)으로 되는 경우도 있지만 음(陰)으로도 가능하다고 했소."

"그게 무슨 의미이지?"

"양으로 신적인 존재가 되는 것을 부처나 선인이 되는 것이라 한다면, 음으로 신적인 존재가 되는 것을 마귀, 혹은 요괴라고 하는 것 같았소."

"…마귀?"

천마의 눈썹이 치켜올라 갔다.

그 역시 선도를 갈고닦은 만큼 인세를 벗어난 세상의 이치를 일부 알고 있었다.

무(武)로 선도에 발을 들였지만 아주 예외적인 경우이다.

무(武)를 지향하다 보면 필히 피를 볼 수밖에 없다.

피의 굴레에서 벗어나 무로 도를 이루게 된다면 우화등선하여 선계로 진입할 기회를 얻게 되지만, 그 굴레에서 벗어나지 못한다면 귀(鬼)가 되어버린다.

더군다나 그 한(恨)이 크면 클수록 음(陰)이 강해져 강한 귀(鬼)로 성장한다.

'놈이라면… 그럴 수도 있겠군.'

한에 사무친 그자라면 마귀가 되었을 수도 있었다.

인세에 마귀가 강림하였다면 인간이 혈겁을 일으키는 것과는 비교도 안 되는 피를 부른다. 반드시 없애야만 한다.

"그렇다면 나처럼 부작용이 없어질 수도 있단 말이군."

천마의 말에 약선이 고개를 끄덕이며 긍정했다.

일말의 기대를 품었던 천마는 허탈한 마음이 들 수밖에 없었다.

부활자를 쉽게 알아볼 수 없다면 다른 방법이 필요했다.

"혹시 부작용이 없는 부활자들을 알아볼 만한 다른 방법은 없나?"

천마의 질문에 약선은 잠시 고민하더니 고개를 저었다.

자신은 의원이지 주술사나 그런 부류의 전문가가 아니었다.

삼대금서를 통해 혼에 관한 지식을 얻게 되었지만 그것은 천하제일의 의원이라고 할지라도 어찌할 수 없었다.

"사타는 약선 자네가 가능할 수 있다고 하던데."

"이건… 의술을 넘어서는 영역이오."

"표본이 있다면 연구를 해볼 수는 있나?"

아쉬운 마음에 하는 천마의 제안에 약선이 이해할 수 없다는 표정으로 물었다.

"은공, 이 늙은이의 목숨을 구해준 것도, 수양딸을 구해준 것도 감사하나… 대체 왜 부활자에 대해 알려고 하는 것이오?"

절곡에서 붙잡혀 강시의 시술을 강제적으로 도왔던 약선이다.

하지만 약선은 자신을 붙잡은 조직의 정체를 알지 못했다.

그런 약선의 의문에 잠시 고민에 빠져 있던 천마는 결국 진실을 알려주기로 마음먹었다.

"혈교에 대해서 알고 있나?"

"혈교? 그게 무슨 종교요?"

"…모르는군."

무림에서 혈교에 대해 알고 있는 자는 당시에 있던 구대문파와 오대세가 정도에 불과했다. 약선이 의선동가라는 명문세가의 출신이었지만 500여 년 전에 세워졌기에 혈교에 대해서는 알지 못했다.

"후우, 귀찮군."

"크흠."

'쯧, 그냥 설명해 주면 되지.'

내심 불만인 약선이었지만 겉으로 내색하지는 않았다.

곰방대의 담배를 한 모금 빨고 연기를 내뱉은 천마가 이야기를 시작했다.

"천 년 전, 중원무림에 혈겁을 일으킨 무리가 있었다. 그 조직은 스스로를 혈교라 지칭했다."

당시에도 정, 사, 마의 세력이 균형이 이루고 있었다.

정파, 사파, 마교로 나뉜 삼대 세력들은 그 성격이 매우 분명했다.

그런 견고한 균형 속에 이단아로 나타난 세력이 바로 혈교의 무리였다.

정, 사, 마의 삼대 세력은 중원무림을 자신들이 가진 이념의 색깔로 물들이는 것이 목적이었다.

반면 혈교는 완전히 상반된 목적을 지녔다.

"무림의 멸망, 무림인들의 절멸."

"…그게 무슨 소리요?"

"혈교의 목적은 중원에서 무림이라는 존재를 절멸시키는 것이다."

"허어!"

그야말로 터무니없는 목적이라 할 수 있었다.

중원의 무림인만 하더라도 정, 사, 마를 구분하지 않는다면 그 수가 수십만 명에 이른다.

그런 그들을 전부 없애는 것이 혈교의 목적이었다.

"일개 세력이 어찌 그런 황당무계한 목적을 지닐 수 있단 말이오? 불가능하오!"

약선이 황당하다는 표정으로 말했다.

천 년 전에도 처음 혈교가 등장했을 때 모두가 그런 반응이었다.

하지만.

"불가능? 크큭, 실제로 당시 중원무림의 씨를 거의 말리다시피 했지."

천 년 전의 중원은 혼란과 혈겁의 시기라 할 수 있었다.

혈교는 그저 입만 주절거리는 집단이 아니었다.

강시를 비롯한 괴이한 술법들을 이용해 무림을 혼란에 빠뜨렸다.

"그들은 수단과 방법을 가리지 않았지. 그 때문에 무림은 정말로 멸망의 직전까지 치달았다."

"그럼 어찌 그들을 막은 것이오?"

"내가 그들의 수장인 혈마(血魔)의 목을 베었으니까. 덕분에 무림이 되살아난 것이지. 내게 감사해라."

"……."

잘난 체를 하는 것 같지 않은데 뭔가 기분이 이상하다.

약선의 표정이 묘해졌다.

이야기를 듣고 보니 무림의 멸망을 막은 자가 마교의 수장인 천마였다는 것이 아닌가.

여기서 약선은 모르고 있지만 이야기에 일부 누락된 부분이 있었다.

검선 역시도 혈교를 멸하는 데 일조를 했다는 점이다.

"아니, 그런데 그 혈교의 얘기를 대체 왜 하는 것이오?"

"이런 이야기다."

천마가 닫혀 있는 창고를 향해 손을 뻗자 그 문이 열렸다.

그가 손으로 끌어당기는 시늉을 하자 창고에 묶여 있던 복면인과 유백이 상판 앞으로 날아왔다.

약선이 바닥에 쓰러진 복면인과 유백을 보며 의아한 표정으로 물었다.

"이들은 왜?"

"이놈들이 그 혈교의 부활자들이다."

이에 약선의 얼굴이 딱딱하게 굳었다.

불과 이틀 전, 어두운 창고 안.

약재 냄새로 가득한 창고.

혈도가 점해진 채 천마에게 구타 아닌 구타를 당한 동검귀.

그를 가르친 스승의 구타 외에 처음으로 맞아본 주먹이었다.

스승조차도 죽일 듯이 때린 적이 없으니 처음 겪는 수모이기도 했다.

'크윽, 모든 혈을 점한 건가?'

온몸은 밧줄로 묶여 있고 전신의 혈을 점해놔서 내공을 모으는 것조차 힘들게 만들어놓았다. 그야말로 철두철미했다.

막 깨어나서 처음에는 정신이 없던 그였지만 어느새 이성을 되찾았다.

'내공을 무력화시키는 그 기운은 마기였나?'

호신기공을 발휘하기 전이었다고는 하나, 어둠과도 같은 마기가 전신을 잠식하면서 내공을 모으려고 해도 흩어지는 현상이 일어났다.

'후우…….'

여전히 그 여파가 남아 있지만 서서히 사라지고 있었다.

혈도가 점해져 있다고 하나 그는 현경의 경지에 이른 고수였다.

기에 대한 이해도는 여타의 고수와 비교할 수 없었다.

'젠장, 얼굴이 너무 아프다.'

그나마 움직일 수 있는 혀를 날름거려 보았다.

얼굴에 말라붙은 피가 비릿하게 느껴졌다.

'몸에 남아 있는 마기의 여파만 사라지면…….'

점해져 있던 혈도는 그의 심후한 공력으로 충분히 풀 수 있었다.

다행스러운 점은 단전을 파훼했을 거라 여겼는데 아무런 상처조차 없었다.

'왜 죽이지 않은 거지?'

그 정도로 분노해서 자신을 구타했다면 충분히 죽이고도 남았다.

그런데 내공을 파훼한 것도 아니고 죽이지도 않고 그저 이 약재 창고에 가둬만 두었다.

무슨 의도인지는 모르나 계속해서 잡혀 있는 것은 사양이다.

만 하루가 지나자 마기의 여파가 거의 소실되기 직전까지 이르렀다.

혈도를 점해놔서 중단전 이하로는 움직이지 않았지만 현경의 경지를 이룩한 후로 상단전이 개방된 그였다.

'후우, 후우, 공력만 순환시키면 혈을 하나씩 풀어나갈 수 있게 된다.'

상단전으로 자연지기를 끌어당겨 공력을 순환시킨다.

그것을 이용해 점해져 있는 혈도를 풀어나가는 것이 그의 목표였다.

얼마나 시간이 지났을까. 일부 혈도가 풀리기 시작했다.

쾅!

그때 어두운 창고 안의 문이 열리며 누군가가 들어왔다.

놀란 동검귀는 조용히 공력을 모으던 것을 멈췄다.

그때 움직일 수 없는 그의 귀로 한 여인의 목소리가 들렸다.

"엄마얏! 이게 뭐야?"

여인은 꽤나 놀란 목소리였다.

하긴 창고 안에 세 명의 남자가 혈도가 점해져 묶여 있으니 놀라는 것도 당연했다.

그런데 그녀가 촛불을 밝히더니 더욱 놀란 목소리로 중얼거리는 것이 들렸다.

"어머, 어떻게 했길래 사람의 상판을 걸레로 만들어놓은 거야?"

'걸레?'

동검귀는 순간 골이 아파왔다.

얼굴만 죽어라 맞았으니 부었으리라 생각은 했지만 걸레라니 정말 치욕스러웠다.

뭔가 약재들을 골라서 자루에 담아가던 그녀가 동검귀의 옆에 누워 있는 한 남자를 멍하니 쳐다보며 작은 목소리로 중얼거리면서 나갔다.

'나쁜 사람?'

동검귀로서는 전혀 이해가 가지 않는 말이었다.

그녀가 약재 창고에서 나간 후 그는 계속해서 혈도를 풀기 위해 노력을 기했다.

하지만 다른 누구도 아닌 천마의 점혈이었기에 공력이 너무 두꺼웠다.

하나에서 둘을 풀고 나면 거의 기진맥진할 지경이었다.

'아아, 내가 어쩌다 이런 꼴을……'

세력 없이 지내왔다지만 오황이라는 칭호를 가진 그였다.

이런 작은 창고에 갇혀서 혈도를 풀고 있는 자신이 한심하게 느껴졌다.

차라리 시원하게 싸우다 죽었으면 좋았을 텐데.

'일단 혈도를 풀고 그자와 다시 겨룬다.'

처음 보는 마기의 유형화에 당황해서 졌지만, 다시 겨룬다면 그것을 파훼하진 못해도 적어도 호각을 이룰 자신이 있었다.

그렇게 하루의 시간이 지났다.

차근차근 쉬지 않고 점해져 있던 혈도를 어느새 거의 다 해소시켰다.

이제 단 하나의 점혈만 풀어내면 끝이 난다.

점혈이라는 것은 여러 형태로 점할 수 있는데, 하나의 순서

만 어긋나도 혈맥이 뒤엉키거나 손상이 가게 된다.

그렇기에 조심스럽게 하나씩 혈도를 풀고 있는 것이었다.

'이제 마지막이다. 후우, 후우.'

정신을 집중하면서 남은 하나의 혈에 공력을 가했다.

그때 또다시 창고의 문이 열렸다.

쾅!

'헉?'

그러더니 그의 옆에 누워 있던 두 사람의 몸이 허공으로 떠오르며 밖으로 나갔다.

순간 그 여파에 놀란 나머지 실수를 할 뻔했다.

'크읍!'

세밀하게 조절하던 공력에 힘이 들어가면서 다른 혈맥들에 자극이 왔다.

그 탓에 쓰라린 고통과 함께 선혈이 치솟았다.

'크아아악! 하마터면… 죽을 뻔했잖아.'

순간 화가 치밀어 올랐다.

그러면서 갑자기 기분이 침체되는 그였다.

이십 년의 세월 동안 안식을 맞이하기 위해 기다려 왔다.

그런데 방금 전 혈맥이 엉켜서 죽을 뻔했다고 화가 치밀었다는 것 자체가 여전히 삶에 미련이 있다는 말이 아닌가.

'어째서 내가 그런 생각을… 하아!'

머릿속이 한없이 복잡해지는 그였다.

잠시 고민에 빠져 있던 동검귀는 다시 남은 혈도를 풀기 위해 집중했다.

그런 한편, 보가원의 마당 앞에 나동그라져 있는 두 남자를 바라보며 약선이 신음을 흘렸다.

"허어, 이, 이자들이 정말 부활한 혈교의 무리란 말이오?"

"그렇다."

천마의 단호한 말에 약선이 혼란스러워했다.

그의 말대로라면 천 년 전에 멸망한 혈교가 부활했다는 것이다.

문득 약선은 자신을 가두고 강시의 조정을 강요하던 것이 떠올랐다.

"그렇다면 노부를 절곡에 가둔 그자들 역시도?"

"혈교의 잔당들이지. 아니, 어쩌면 잔당이라 보기도 힘들지."

처음에는 천마 역시도 그저 잔당으로 취급했다.

하지만 절곡의 강시들을 비롯해 벌써 여러 번이나 복면인들로 이뤄진 부대와 과거로부터 돌아온 혈교의 삼혈로와 마주하고 나니 생각이 달라졌다.

이미 그들은 예전과 다를 바 없는 조직을 회복했다.

단지 이전과 다른 점은 아직까지 무림의 수면 위로 올라오지 않았다는 것이다.

"은공, 노부에게 이를 알려주는 이유가 무엇이오?"

"몰라서 묻나?"

지금까지의 이야기 흐름대로라면 충분히 짐작은 갔지만 두려웠다.

만약 자신의 짐작이 사실이라면 당대 무림은 과거 천 년 전과 같은 위기를 맞이할 수 있기 때문이다.

"혈교의 부활자들이 고작 이놈들뿐이라고 생각하나?"

"그건?"

"이 녀석들은 고작 하수인에 불과하지. 내가 어째서 부작용이 없는 부활자를 알아볼 수 있는 방법을 알려달라고 했겠나?"

"설마 혈교라는 집단 자체가 부활했단 말이오?"

두려움이 가득한 약선의 물음에 천마가 고개를 끄덕였다.

천마의 말대로 혈교라는 집단 전체가 부활했다면 큰일이 아닐 수 없었다.

무림을 절멸시키려는 집단이 현세에 부활했다면 얼마나 많은 피를 부를지 짐작조차 하기 힘들었다.

"허어, 어찌 이런 일이……."

아무리 천하제일의 의원이라 한들 그 역시 한 명의 인간이었다.

이런 놀라운 이야기를 듣게 되니 온몸에 전율이 일어났다.

천마가 그런 약선의 어깨를 두드리며 담배 연기를 내뱉고 말했다.

"늙은이, 만약에 네가 그것을 막고 싶다면 할 일은 단 하나다."

"할 일?"

"눈이 붉지 않은 놈들을 알아볼 수 있게 만들어준다면 뒷일은 내가……."

미처 말을 끝맺기도 전에 천마의 표정이 바뀌었다.

보가원의 한쪽 구석으로 치워둔 보검 열 자루가 떨리더니 이내 허공으로 치솟아 상판에 앉아 있는 천마와 약선의 주위를 포위했다.

"이, 이게 무슨……?"

처음 보는 놀라운 광경에 약선이 당혹스러워했다.

허공에 떠올라 그들을 포위한 열 자루 보검의 움직임이 심상치 않았다.

마치 조금만 움직여도 그대로 찔러들어 올 듯한 기세였다.

"재미있군. 생각보다 더 빨랐어."

천마가 홍미롭다는 얼굴로 열려 있는 약재 창고를 바라보았다.

어두운 약재 창고 안에서 걸어 나오는 한 남자.

동검귀였다.

"허어."

약선이 자신도 모르게 동검귀의 얼굴을 쳐다보며 신음성을 흘렸다.

심하게 부어 있는 얼굴.

고작 삼 일이라는 시간 동안 부었던 얼굴이 가라앉을 리가 만무했다.

약선의 표정에서 그것을 인지한 동검귀였지만 그의 신경은 오직 천마에게 집중되어 있었다.

"내가 혈도를 풀 것을 예상했소?"

"자연지기를 다룰 줄 아는 놈이 그 정도는 당연히 할 줄 알겠지."

분명 위태로운 상황임에도 여유로운 천마의 태도에 동검귀는 의아해했다.

열 자루의 보검은 그들의 지척에서 요혈들을 겨누고 있었다.

동검귀가 손을 뻗기만 해도 곧장 천마의 몸을 꿰뚫을 것이다.

"실력이 뛰어난 것은 인정하나 오만하구려."

"글쎄?"

"다 이겼다고 생각해서 상대에게 여지를 남기다니, 그것이 그대의 패인이오."

동검귀가 손을 뻗자 열 자루의 보검이 날카로운 예기를 내뿜으며 순식간에 천마와 약선을 향해 쇄도했다.

"허억!"

약선이 놀라서 눈을 질끈 감았다.

그러나 자신의 몸을 관통할 거라 여긴 검은 그의 몸에 닿지도 않았다.

아무런 고통도 느껴지지 않아 실눈을 떠보니 열 자루의 보검이 허공에 멈춰 있다.

정확히 말하면 뭔가에 막힌 것처럼 검 끝이 파르르 떨리고 있었다.

끼리리리리!

허공을 긁는 소리가 선명히 들려왔다.

"…빠르구려. 그 이질감이 그것이었나?"

"내가 두 번이나 같은 수법에 당할 것 같나?"

놀랍게도 천마와 약선의 주위로 검은 운무가 얇은 막을 형성하고 있었다.

검은 운무의 막에 막힌 보검이 그것을 꿰뚫기 위해 안간힘을 쓰고 있으나 아무 소용이 없었다.

"본의 아니게… 공력 대결을 해야겠구려."

동검귀가 최대 공력으로 끌어 올렸다.

그러자 허공의 막에 걸려 있던 보검에 더욱 힘이 들어가며 떨렸다.

끼리리리리!

자연지기를 끌어내는 현경의 경지.

아무리 내공의 한계에 구애받지 않는다고 해도 한 번에 발휘할 수 있는 공력의 차이는 존재할 수밖에 없다.

동검귀가 공력 대결에 자신감을 보인 것도 이런 이유에서였다.

약관으로 보이는 천마가 현경의 경지에 올라 십여 년 동안 연마를 거듭해 온 자신의 공력을 넘어서진 못하리라 여긴 것이다.

"멍청한 놈이로군. 학습 능력이 부족하나?"

"뭣?"

단지 동검귀가 모르는 부분이 있었다.

천마의 주위에서 막을 형성하는 검은 운무는 마기에서 비롯되었다.

마맥에서 현천검으로 스며든 순도 높은 마기가 바탕이 되었기에 그 위력은 인간의 범용치 한계를 넘어섰다.

쩌저저저적!

"이, 이럴 수가!"

한철로 만들어진 동검귀의 보검이 검 끝에서부터 금이 가기 시작했다.

동검귀의 눈이 경악으로 부릅떠졌다.

힘을 더 가하면 정말로 열 자루의 보검이 부서질 것 같았다.

'사문의 보검을 깨뜨릴 순 없어.'

"크윽!"

동검귀는 검이 부서질 것을 염려했는지 손을 뻗어 보검을 다시 끌어당겼다.

바로 그 순간 천마의 신형이 번개처럼 날아와 동검귀의 안면에 주먹을 날렸다.

동검귀가 날카로운 눈빛으로 외쳤다.

"그대야말로 같은 수법이 통할……!"

퍽!

"꾸웩!"

이번에는 방심하지 않고 호신강기를 펼쳤는데도 그의 안면이 처참히 홱 돌아갔다.

호신강기를 깨뜨릴 만큼 무식할 정도의 완력이었다.

'어떻게 이런 말도 안 되는 일이?'

외공만으로 현경에 경지에 이른 북호투황의 오른팔이다.

그 힘은 상상을 초월했다.

*　　　*　　　*

"헉헉!"

방심하지 않았다고 생각했는데 또다시 별이 보이는 동검귀였다.

호신강기를 파훼할 정도의 무식한 힘이라면 근접전이나 난타전은 굉장히 불리했다.

최대한 거리를 벌려야 했다.

그러나 이미 천마의 검지가 그의 미간에 닿아 있었다.

툭!

살짝 건드리기만 했는데 날카로운 예기가 머리를 관통하는 느낌이다.

동검귀의 이마가 베이며 피가 흘러내렸다.

천마가 이죽거리는 목소리로 말했다.

"이런, 장군(將軍)이네."

여기서 검기를 형성하기만 해도 그는 최후를 맞이하게 된다.

무식할 정도의 일권에 당황하긴 했지만 완벽하게 패배한 것이나 다름없었다.

잠시 할 말을 잃은 동검귀가 무표정한 얼굴로 입을 열었다.

"졌소. 이번에는 정말로 찌르시오."

"…미친놈, 먼저 덤빈 놈치고는 전의를 전혀 찾아볼 수가 없구나."

"찌르시오!"

죽어 있는 동검귀의 눈빛.

천마는 상대에게 자비를 베푸는 유형의 인간이 아니었다.

그러나 무림에서 다섯 손가락에 드는 실력자가 왜 계속해서 죽기 위해 안달이 나 있는지 의문이 들었다.

"그렇게 죽고 싶은 거냐?"

"죽… 고 싶지 않소. 단지 패자는 죽을 뿐."

"헛소리를 지껄이는 게 짜증나는군. 그럼 소원대로 죽어라."

천마가 냉정한 표정으로 검지를 살짝 떼었다가 동검귀의 미간을 찔러들어 갔다.

그 짧은 찰나에 동검귀의 머릿속에 수많은 과거가 스쳐 지나갔다.

그리고.

딱!

"끄아아악!"

천마의 오른손으로 때린 딱밤이 이마를 강타했다.

얼마나 아팠는지 순간 뇌가 흔들리는 느낌마저 들었다.

동검귀는 시뻘게진 눈으로 이해할 수 없다는 듯이 항의했다.

"대체 왜 죽이지 않는 것이오?"

"죽고 싶으면 다른 데 가서 알아서 자살을 하던 뭘 하던 맘대로 해라. 괜히 내 앞에서 알짱거리지 말고."

천마는 귀찮다는 표정으로 손을 휘휘 저었다.

이 자리에서 죽일 수도 있겠지만 굳이 죽고 싶어 안달 난 사람을 해하고 싶진 않았다.

그런 도움은 괜히 찜찜한 기분만 들 뿐이다.

"어째서… 어째서 내게 안식의 기회를 주지 않는 것이오?"

슬픔에 잠긴 듯한 동검귀의 울먹이는 목소리.

절세고수인 그의 목소리는 내공이 약한 약선에게 영향을 줄 정도였다.

가슴이 먹먹해졌는지 약선이 눈물을 글썽거린다.

'훙!'

하지만 원영신을 열고 있는 천마의 눈과 귀로는 그의 복잡한 감정이 선명하게 느껴졌다.

그것은 매우 모순적인 감정이었다.

삶에 대한 미련이 없으면서도 애착이 동시에 자리하고 있었다.

"정말 웃기는 놈이로군."

천마가 상판에 앉아 다시 곰방대를 들어 담배를 한 모금 빨았다.

자욱한 연기를 뿜으며 그가 동검귀를 향해 말했다.

"좋아, 죽여주지."

"…그게 정말이오?"

"단, 네놈이 나를 납득시킨다면 그놈의 안식을 주도록 하지."

천마의 제안에 동검귀의 표정이 묘하게 바뀌었다.

방금 전까지만 하더라도 슬픔에 잠겨 있던 그이지만 지금은 미묘하게 분노마저 느껴졌다.

어떠한 사연이 있기에 그는 안식을 찾아서 적을 찾고 있던 것일까.

"본인의 이름은 성진경. 동쪽 반도에 있는 망국의 땅에서 넘어왔소."

"망국?"

"이미 망한 나라의 이름을 들먹여서 무엇 하겠소."

"흠……."

천마가 혹시나 하는 마음에 약선을 쳐다보았지만 그 역시도 모르는지 고개를 저었다.

동검귀는 동쪽 반도의 망국에서 벼슬을 하던 무장이라고 했다.

평범한 양민의 자식으로 태어나 당시 최고의 권력자이면서 무신이라 불리던 최영 대장군의 부관 중 한 명이었다.

최영의 부관이던 그는 그의 산하 무관 중 가장 최고의 실력을 자랑했다.

그는 망국에서 삼대무인으로 칭해질 정도로 명성이 높았는데, 한 가지 비밀이 있었다.

"나의 사문은 곡산 척가의 마지막 후손인 척윤공이셨소."

"마지막이라는 것은 그에서 대가 끊겼다는 것이로군."

"안타깝게도 그분은 슬하에 자식이 없었고, 제자 둘을 거뒀소."

그 두 사람 중 한 명이 바로 동검귀로 성진경 본인이고, 다른 한 명은 작연이라 불리는 여인이었다.

자식이 없던 그는 두 사람을 제자로 거둬서 척가의 명맥을 이어가려 했다.

그러나 역적의 성을 쓸 수 없었기에 두 사람의 성은 그대로였다.

"역적이라고?"

"…그렇소. 나의 스승이신 척윤공의 선대로 거슬러 올라가면 척준경이라 불리는 조상께서 난을 일으켰다고 하오."

"흥미롭군. 역적의 집안을 사문으로 모시다니."

"함부로 말하지 마시오. 적어도 망국 내에서 척가의 무공은 최강이라 불렸소."

"최강이라……."

동검귀의 실력을 보면 분명 범상치 않은 무공임은 틀림없었다.

당시 양민 출신이던 진경은 벼슬에 뜻을 품었으나 평범한 그가 벼슬길로 오를 수 있는 방법은 문관이 아닌 무관밖에 없었다.

그렇다고 평범한 무술 실력으로는 그저 십장이나 호위에 머무를 확률이 높았다.

그런 와중에 천운이 따라 척가의 마지막 후손인 척윤공을 찾게 된 것이다.

"스승의 밑에서 무공을 연마하게 된 본인은 무과에 급제하게 되었고, 사매를 아내로 맞이해 탄탄대로의 길을 걷게 되었소."

평범한 양민에 불과하던 그가 고려에서 최고라 불리는 척가의 무공을 비롯해 벼슬, 그리고 아내마저 얻었으니 성공한 인생이라 할 수 있었다.

척가의 무공을 익힌 그는 약관의 나이로 벼슬길에 오른 지 오 년 만에 대장군 최영의 부관의 위치에 올랐다.

그와 더불어 삼대무인 중 하나의 칭호를 얻었다.

"그렇게 모든 것이 잘될 거라 생각했소."

하지만 그것은 파국의 시초에 불과했다.

젊은 나이에 권력의 중추로 들어서게 되자 당연히 시기를 받게 되었다.

진경은 그런 시기하는 마음을 개의치 않고 오히려 즐겼다.

"멍청한 짓이었소. 권력에 있어서 시기는 견제의 시작임을 몰랐던 것이지."

그를 시기하던 대장군 최영 산하의 부관들의 견제는 날이 갈수록 심해졌고, 심지어 그의 뒷조사마저 착수되었다.

얼마 가지 않아 그들은 그의 숨겨오던 무공의 기원을 찾아냈다.

"척가의 무공을 익혔음을 알아낸 그들은 내게 역모 잔존 세력임을 주장했고, 결국 본인은 파직될 수밖에 없었소."

"흥, 어딜 가나 내부의 적은 존재하지."

천마의 말대로 내부의 적을 막지 못한 그는 파직되고 귀양을 가야만 했다.

처음에는 사형과 종신형을 주장했지만 그것은 최영 대장군의 간곡한 청으로 면할 수 있었다.

당시 홍건적을 비롯해 왜구, 몽골의 잔당과 여진족의 반란군이 사방에 들끓어 시국이 어두웠기에 한 명의 무인이라도 그 여력을 남겨야 한다는 주장 때문이었다.

덕분에 목숨을 부지한 그는 강화도로 유배를 가게 되었다.

그래도 최영 대장군이 몇 년 내로 다시 그를 불러주겠다는 당부가 있었기에 희망을 품고 유배 생활을 버틸 수 있었다.

아내인 작연과 유배지에서 몇 년을 보냈을 무렵이다.

"한참 더운 날씨였던 듯하오. 아니, 좀 더 지나서였나. 예상하지 못한 손님이 귀양지로 찾아왔소."

그는 다름 아닌 스승인 척윤공이었다.

귀양지로 찾아온 척윤공은 진경에게 이곳을 떠나 중원으로 갈 것을 당부했다.

그 이유는 대장군 최영이 내전으로 체포당했다는 것이다.

"생각지도 못한 일이었소."

대장군 최영은 당대 최고의 권력자이면서 전 군권을 가진 사령관이었다.

그런 그가 내전에서 졌다는 말은 권력의 향방이 바뀜을 의미했다.

척윤공의 소식에 의하면 북벌을 감행한 북벌군이 위화도에서 회군을 했다는 것이다.

그 배후에는 망국의 삼대무인 중 유일하게 활로서 명성을 날린 장군이 있다는 소문이 파다했다.

내전의 여파로 최영 대장군의 부관들은 전부 참수되었고, 최영 본인은 고봉에 유배되었다고 하였다.

"스승께서는 최영 대장군의 부관이던 나 역시도 참수 명령이 떨어졌을 것이라며 중원으로 몸을 피할 것을 당부하셨소."

그야말로 권력의 최중심부에서 일순간에 최악의 밑으로 떨어진 것이다.

스승의 말대로 진경은 헛되이 목숨을 버릴 순 없었다.

아내인 작윤이 아이를 가진 상태였고, 이렇게 끝내기에는 너무 억울했다.

"결국 아내를 데리고 바다를 건너 이곳 상해까지 오게 되었소."

"그 스승이라는 자는?"

"스승님께서는 선조의 유지로 나라를 벗어날 수 없다고 하였소. 그러면서 본인에게 넘긴 것이 저 열 자루의 검이오."

역적의 칭호를 지녔음에도 선조의 유지를 받들어야 하는 척윤공.

그는 제자인 진경과 함께 나라를 떠나지 않고 척가의 보검들을 넘기고 타국에서의 후대를 기약했다.

그렇게 중원의 땅인 상해에 도착한 그들은 평범한 생활을 하며 생계를 꾸려 나갔다.

"스승의 유지대로 무관을 열고 얼마 있지 않아 소식을 듣게 되었소."

모국이 망하고 새로운 나라가 들어섰다는 소식이었다.

아무리 역적으로 몰아세우고 유배를 갔다고 하나 태어난 모국이 망했다는 소식은 충격적일 수밖에 없었다.

"허어……."

약선 역시도 그 마음이 이해가 가는지 고개를 끄덕였다.

단지 국가, 혹은 모국에 대한 미련이 없는 천마만이 무표정으로 들었다.

타국에 오자마자 큰 문파를 세울 수 없던 진경은 무관을 열어 새로운 인생을 시작하게 되었다.

"생각보다 나쁘진 않았소. 이곳 상해 사람들은 참으로 순박했으니."

"음, 그렇지."

그것은 약선 역시도 동의하는 바였다.

상해에서 무관을 운영하던 차에 아이도 태어났다.

아이가 태어나고 십 년 정도 지나 무관이 어느 정도 자리를 잡아가며 망국의 아픔을 잊어가는 차였다.

그때 불행이라는 것이 그렇게 느닷없이 닥쳐왔다.

"추운 겨울 무렵, 상해의 북쪽 마을에 새로운 문파의 개파식이 있었소."

한 지역 내에서 문파를 열게 되면 개파식을 열고 주위의 무관, 문파들의 인사들을 불러 잔치를 벌이는 것이 전통이었다.

상해에 자리를 잡은 진경의 무관 역시도 초대장을 받게 되었다.

오랜만에 있는 마을의 큰 행사였기에 진경은 아내인 작연을 데리고 개파식에 참석했다.

"내 생애 가장 후회가 되는 그날에 일이 벌어졌소."

사천에서 지부를 내는 문파라 알려진 유성천파(流成川派)의 개파식.

개파식에는 상해의 중소문파들을 비롯해 무관의 관주들이 손님으로 초청되었다.

현판 앞에서 사자춤을 추고 폭죽을 터뜨리며 성대하게 시작되었다.

'사천에 유성천파라는 문파도 있었나?'

처음 들어보는 문파 명에 약선이 고개를 갸웃거렸다.

문파 명이 독특하게도 흘러서 이룬 내라는 말이었는데 어감이 어디서 들어본 듯했다.

'뭔가 빠진 듯한데. 유성천… 유성천… 유혈성천?'

유혈성천(流血成川).

피가 흘러서 내를 이룬다는 말이다.

그 말을 떠올리게 하는 문파 명에 약선이 인상을 찌푸렸다.

진경이 계속해서 이야기를 이어갔다.

개파식의 주요 행사들을 마치고 초청받은 손님들을 모시고 문파 내에서 식사 자리가 이어졌다.

식탁에는 상해 지역에서 볼 수 있는 각종 싱싱한 해산물을 비롯해 진수성찬으로 가득했다.

한참 식사가 이어지던 차에 지부의 문주가 사천에서 공수해 온 대죽주를 가져왔다.

대나무 잎으로 만든 술로 애주가라면 매우 좋아하는 술이었다.

귀한 술이라며 모두가 잔을 부딪치며 술을 마셨다.

"그것이 화근이었소. 술을 마시는 순간 단번에 알아챘소."

"독인가?"

단맛이 강한 술에서 느껴지는 이질감에 진경은 입안에 머금은 술을 내뿜고 술잔을 던지며 자리에서 일어나 소리쳤다.

술을 마시지 말라고 만류하는 말에 각 문파의 인사들이 이상한 눈으로 그를 쳐다보며 별소리를 다 한다며 비웃음을 흘렸다.

그러나 이내 그들은 낯빛이 파랗게 물들며 쓰러졌다.

"놀란 본인은 아내를 쳐다보았소."

그의 부인인 작연 역시도 술을 이미 마신 상태였다.

진경은 다급히 그녀가 술을 토하도록 하고 진기를 주입했다.

그러나 독은 이미 그녀의 몸에 퍼진 지 오래였다.

"아내의 얼굴이 새파랗게 질려서 피를 토했소. 그때 지부의 문주라는 자의 태도가 돌변했소."

지부의 문주가 손을 들어 올리자 준비했다는 듯이 문파의 사람들이 병장기를 꺼내 들었다.

아내가 독에 중독되어 쓰러지자 분노한 진경은 그들과 일전을 벌였다.

술을 마시진 않았지만 입에 머금고 있던 것이 화근이었는지 공력의 순환이 원활하지 못했다.

그렇다 하여도 낯선 중원에 와서도 무공 수련을 게을리 하지 않은 그는 지고의 경지인 현경에 이르러 있었다.

"어찌어찌 문도들을 전부 쓰러뜨렸을 때, 문파 내로 정체를 알 수 없는 복면인들이 들이닥쳤소."

"복면인?"

"그때 처음으로 스승님 이상의 강자를 만났소."

복면인들 사이로 등장한 자가 있었다.

그를 마주하는 순간 진경은 일생 최대의 적을 만났다고 직감했다.

오 년 전, 현경의 경지를 이룩한 후로 세상에 더 이상 무공으로는 적이 없으리라 자신한 그의 상상을 뛰어넘는 존재였다.

"파란 가면을 쓴 남자였소."

"파란… 가면?"

천마의 눈빛이 기묘하게 빛났다.

* * *

복면인들 사이로 나타난 파란 가면의 정체 모를 자.

그자를 보는 순간 진경은 일생일대 최대의 적을 만났음을 직감했다.

고수는 고수를 알아본다고 했던가.

파란 가면의 남자가 진경을 바라보며 홍미롭다는 말투로 말했다.

"재미있군. 중원무림에 사황을 제외하고 그대와 같은 고수가 있었나?"

그 말과 함께 파란 가면의 남자가 출수했다.

파란 가면의 남자는 여태까지 그가 상대해 온 자들과 비교도 할 수 없을 정도로 강했다.

수없는 전장을 출전했지만 이런 고절한 실력은 처음이었다.

짧은 찰나에 파란 가면의 남자와 진경은 수십 초식을 겨뤘다.

"네놈과 호각이었나?"

천마의 질문에 동검귀 성진경이 고개를 끄덕였다.

"…그자는 중원에서 말하는 현경의 경지에 이른 고수였소."

같은 현경의 경지에 오른 고수의 대결.

그것은 얼마만큼 승부에 집중하느냐가 관건이다.

초식과 공력의 대결에서 조금이라도 밀리게 되면 치명적인 패배로 이어진다.

그러나 공교롭게도 성진경의 몸에는 대죽주에 들어 있던 독이 소량이라고는 하나 일부 퍼진 상태였다.

"쿨럭!"

한참을 겨루던 와중에 진경이 선혈을 토해냈다.

그 순간을 파란 가면의 남자가 놓칠 리 만무했다.

가면 남자의 검이 그의 심장을 꿰뚫으려는 순간 아무도 예상하지 못한 일이 발생했다.

중독되었던 그의 아내 작연이 끼어든 것이다.

"…그자의 검이 아내를 관통했소."

아내의 몸이 검에 꿰뚫리자 이성을 잃은 진경은 십 성 공력으로 가면 남자의 가슴에 일장을 날렸다.

일격을 당한 파란 가면 남자의 몸이 문파 건물의 벽을 뚫고 날려가 버렸다. 그녀 역시도 척가의 무공을 익힌 만큼 운기를 통해서 어떻게든 몸 안의 독을 몰아내려 했다. 그러나 남편인 진경의 목숨이 경각에 달하자 아무것도 보이지 않았다.

"연, 연아, 대체 왜 그런 것이오? 왜!"

"하아, 하아……!"

그렇지 않아도 독에 중독되어 파랗게 질려 있던 얼굴에 핏기마저 가셨다.

진경이 눈물을 흘리며 그녀의 몸에 진기를 불어넣었다.

하지만 밑이 뚫린 항아리에 물을 붓는 것처럼 주입된 진기는 금방 흩어지고 말았다.

"하아, 성 가가, 무리하지 마셔요. 저는… 저는… 틀린 것 같아요."

"연아, 제발 그런 말은 하지 마시오! 내가 반드시 살릴 것이오!"

진경은 사랑하는 아내를 살릴 수 있다면 자신의 내공을 전부 소진할 수 있었다. 그러나 점차 차갑게 식어가는 체온이 그녀의 끝이 다 되어가고 있음을 말해줬다.

"부디… 부디 우리 양이를 부탁해요. 하아, 그 아이만큼은 이런 험난한… 험난한 세상을 걷지 않도록……."

지고무상의 경지에 오른 그라고 해도 죽어가는 그녀를 구할 방법이 없었다.

사랑하는 이가 죽어가는 것을 지켜보는 고통은 세상 무엇보다도 참기 어려운 것이었다.

"연아! 연아! 제발… 당신이 죽으면 난 세상을 살아갈 수 없단 말이오!"

"성 가가, 혹여… 날… 따라올 생각은… 하지 마요."

"연아! 안 돼! 연아! 제발!"

"…성 가가, 앞이… 앞이 보이지가 않네요. 당신 얼굴이……."

진경의 손을 꼭 잡고 있던 그녀의 차가운 손에 힘이 빠졌다.

거칠던 그녀의 호흡도 더 이상 느껴지지 않았다. 자신의 품 안에서 숨을 거둔 아내의 차갑게 식어버린 몸을 매만지며 진경은 절규했다.

"끄아아아아아아아아아아!"

작연을 살리기 위해 진기를 소모하면서 몸 안에 퍼지던 독이 더욱 활성화되고 말았다. 절규하던 그는 어지러움을 느끼며 그녀의 옆에 쓰러졌다. 혼미해져 가는 정신 속에서 문파 밖까지 날려간 파란 가면의 남자가 걸어오는 모습이 보였다.

"후우, 빌어먹을 계집 때문에 내상을 입었군."

파란 가면의 남자는 화가 나는지 두 눈에서 붉은 안광을 내뿜고 있었다. 하지만 막상 복수를 하려 하니 이미 진경은 쓰러져 있었다. 이에 파란 가면의 남자는 허탈하다는 눈빛으로 고개를 절레절레 흔들었다.

"오래도 버텼군. 그 독은 본좌가 친히 제조한 것인데 말이야. 크크크큭."

아직 정신을 완전히 잃지 않았기에 그의 목소리가 희미하게 들려왔다. 파란 가면의 남자가 그들 가까이 다가와 복면인들에게 명했다.

"이 정도라면 충분하겠어. 상(上)급은 본 단으로 옮기고 나머지는 전부 그 계곡으로 옮겨라."
"충!"

복면인들이 분주하게 바닥에 쓰러진 시신과 중독된 사람들을 옮겼다. 마지막으로 복면인들이 쓰러진 진경과 죽은 그의 아내를 옮기려고 하는데 예상치 못한 일이 일어났다.

문파 내로 웬 산발을 한 남자가 나타났다. 그가 나타나자 파란 가면의 남자가 순간 당혹감을 감추지 못했다.

"다, 당신은?"

"찾아다녔는데 이런 데서 만나다니 참 반가워."

듣는 것만으로도 온몸에 소름이 끼칠 만큼 흉악한 목소리였다. 그것을 마지막으로 문파를 쑥대밭으로 만들 정도의 굉음만이 그의 귀에 들려왔고, 진경은 희미해 가던 정신을 완전히 잃고 말았다.

다시 눈을 떴을 때 개파한 문파는 완전히 폐허가 되어 있었다. 놀라운 것은 죽은 유성천파의 문도들을 비롯해 각파 인사들의 시체가 하나도 보이지 않았다.

"…심지어 아내의 시신마저도 사라졌소."

바닥에는 온통 핏자국과 검흔만이 남아 격렬한 전투가 있었음을 알려주고 있었다.

진경은 당황해서 아내의 시신을 찾으려 문파 내를 뒤졌지만 아무것도 나오지 않았다.

분노한 그는 폐허에 가까운 문파를 완전히 부숴 버리고 말았다.

"용케 독은 해독되었군."

"맛만 보았으니 말이오."

독에 중독되었던 몸은 깨어났을 때 다행스럽게도 완전히 해독되어 있었다. 현경의 경지에 오른 그의 발달된 육신과 심후한 내공이 소량의 독과 싸워내 이긴 것이다.

그가 쓰러져 있던 자리에 남긴 검은 액체가 독의 잔재였다.

"분노하고 절규하던 와중에 문득 떠오른 것이 있었소."

그것은 그와 작연의 아이였다.

진경은 경공을 펼쳐 다급히 그의 무관으로 향했다.

제발 아니길 바랐는데 그에게 닥친 불행은 그것이 다가 아니었다.

그의 무관은 아수라장이 되어 있었고 핏자국이 가득했다.

이상한 것은 몇 안 되는 하인들의 시신은 있었으나 그 외 무관 생도들의 시신은 발견되지 않았다는 것이다.

"정말 이상한 일이었소."

한참을 무관을 뒤지던 그는 무관 숙소 마당의 우물 뚜껑 판목에 죽어 있는 유모의 시신을 찾았다. 아이를 돌봐야 할 유모가 왜 우물 위에 죽어 있는가. 의아하게 생각한 진경은 유모의 시신을 내려놓고 우물 위의 판목을 열어보았다.

"아아아!"

우물의 안에 있는 것은 다름 아닌 그의 아이였다.

놀란 진경은 급히 우물 안에서 아이를 꺼냈지만 상태가 좋지 않았다. 열 살에 불과한 아이가 추운 겨울 밤 우물 안에 있었으니 멀쩡할 리가 없었다. 그나마 다행인 것은 물이 얼어서 그 위에 있었기에 몸이 젖진 않았다는 점이었다.

"허어, 어찌 그런 일이……."

이야기를 듣는 내내 약선은 안타까움을 금치 못했다.

한 사람에게 이런 불행이 연달아 닥친다는 것을 이해할 수 없었다.

"아이는 어찌 되었소?"

열 살에 불과한 아이에게 그날 밤의 일들은 충격과도 같았다.

겨우겨우 체온을 올리고 진기를 불어넣어 살릴 수 있었지만 아이는 아비인 그를 알아보지 못했다.

심지어 자신이 누구인지조차 인지하지 못했다.

"수많은 고민 끝에 나는 결심했소."

자신과 함께하면 아이에게 불행이 닥칠 것이라 여긴 그였다.

고민 끝에 진경은 아이를 한 위인에게 위탁했다.

어미인 작연의 유언에 따라 험난한 무림에서 벗어나는 방법은 자신의 손을 떠나보내는 것뿐이었다.

그길로 진경은 원수를 찾기 위해 사천 길을 떠났다.

그러나 몇 년을 헤매어도 사천에서 유성천파라는 이름의 문파를 찾을 수 없었다. 처음부터 없던 것처럼 흔적조차 없었다.

"…시간이 흐를수록 나는 지쳐갔소."

결국 그는 다시 상해로 돌아올 수밖에 없었다.

자식과 함께할 수는 없지만 어려운 일이 없도록 지켜보는 것만이 유일하게 생을 버텨 나갈 수 있는 낙이었다.

"나는 그 아이가 행복하기 위해 무엇을 해야 할지 고민했소. 그러다 아이 어미의 유지를 지키려면 무엇을 해야 할지도."

"고민이라는 게 설마?"

"…주위를 정리하기 시작했소."

진경이 사천을 다녀오는 사이에 상해에는 새로운 중소문파와 지부들이 들어서 있었다.

수많은 불행과 고통을 겪은 진경의 사고는 극단적으로 변해 있었다. 자신의 자식이 무림과 엮이지 않으려면 그 존재 자체가 없어야 한다는 생각마저 하게 되었다.

"그래서 본인은 상해에 들어서는 모든 문파를 없앴소."

"허어, 어찌 그런……."

약선이 안타까워하는 한편으로 놀람을 금치 못했다.

지금 진경이 하는 말이 무엇을 의미하는지 깨달았기 때문이다.

'상해 혈사를 말하는 것이구나.'

동검귀가 처음 무림에 모습을 드러낸 것이 상해 혈사 사건이었다.

지금으로부터 십 년 전, 하룻밤 사이에 중소문파 네 곳이 전부 멸문하는 사태가 벌어졌다.

수백 명의 사람을 한 사람도 남김없이 죽여 동무림을 뒤흔든 사건의 내막에는 한 남자의 슬픔과 분노가 서려 있었다.

"그 후로 본인은 이곳 상해에 오는 문파… 무관… 무림인들을 전부 이 손으로 죽였소."

십 년 동안 죽인 사람이 천 명에 이를 것이다.

수많은 사람을 죽이면서 그는 점차 생명에 무감각해지고 삶에 대한 애착을 잃어갔다.

자신을 따라오지 말라는 아내의 유지가 없었다면 그는 이미 옛적에 삶을 포기했을 것이다.

"멍청한 놈이군."

"뭐요?"

여태까지 이야기를 잘 들어오던 천마가 진경을 나무랐다.

이에 진경이 이해할 수 없다는 표정으로 그를 노려보았다.

"고작 한다는 것이 네놈보다 고수의 손에 죽는 것이었냐? 설마 적의 손에 죽는다면 삶을 포기하는 것이 아니라는 헛소리를 해대진 않겠지?"

천마의 정곡을 찌르는 말에 동검귀 성진경은 순간 할 말을 잃고 말았다.

아무리 부정해도 그의 말 그대로였다.

삶에 대한 애착이 없어진 후로 진경은 자신에게 안식을 가져다줄 존재를 찾아왔다.

처음에는 다른 지역에 있는 오황들을 찾아볼까 고민했지만 적어도 최후를 맞이하기 전에 자식의 얼굴만이라도 멀리서나마 지켜보고 싶었다.

"어찌 되었든 이제 본인이 안식하고 싶은 심정을 납득할 수 있겠소?"

천마에게 과거 얘기를 하면서 다시 침울한 기분이 된 진경이다.

그런 진경을 향해 천마가 담배 연기를 뿜으며 말했다.

"쯧, 백번 양보해서 이해는 간다만 원수를 놔두고 죽을 생각을 하다니 네놈도 어지간히 유약한 놈이로구나."

"그게… 무슨 말이오?"

천마의 의미심장한 말에 진경의 표정이 바뀌었다.

원수를 찾기 위해 틈이 날 때마다 사천을 다녀왔지만 아무런 흔적도 발견하지 못했다.

"하는 꼬락서니를 보니 그저 그 유성천파라는 곳을 찾는데 시간을 허비했겠군."

"그건… 그렇소. 단서라고는 그것밖에 없었으니."

특별한 단서라도 있으면 찾을 수 있겠지만 아는 것이라고는 문파 명뿐이었다.

하지만 그의 이야기를 들으면서 천마는 두 가지의 단서를 알아냈다.

아주 확실한 단서를 말이다.

"유성천파라……. 어이, 늙은이, 유성천에서 뭔가 한 글자가 빠진 것 같지 않나?"

천마의 말에 약선이 동의하는지 고개를 끄덕였다.

그 역시도 진경의 이야기를 들으며 유성천이라는 말에 이상함을 느꼈다.

아무리 들어도 유혈성천에서 혈(血) 자만 빠졌다는 생각이 들어서였다.

"그게 무슨 말이오? 뭔가가 빠졌다니?"

"네놈, 멍청이냐?"

"……."

동쪽 반도에서 무관으로 지내다 온 진경에게는 하나의 단점이 있었다.

무관으로 특별히 학문적 소양이 필요로 한 것이 아니기에 기본적인 천자문만 배웠을 뿐 그 소양이 현저히 낮고 고지식했다.

"모른다면 어쩔 수 없지. 아까 얘기한 파란 가면 기억하나?"

천마의 질문에 진경이 의아한 눈빛이 되었다.

얼굴을 가린 남자였는데 그 가면 외에 무엇이 단서란 말인가.

"혹시 그 남자의 눈이 붉지 않았나?"

천마의 말에 진경의 두 눈이 커졌다.

진경의 머릿속에 흐릿하던 과거의 장면들이 스쳐 지나갔다.

자신이 쓰러져서 정신을 잃어갈 때 파란 가면의 남자가 붉은 안광을 내뿜으며 걸어오던 것이 떠올랐다.

"맞소! 가면 틈새로 보이는 눈이 붉게 빛나고 있었소!"

"역시 놈은 부활자가 틀림없군."

파란 가면의 이야기를 할 무렵 천마는 절곡에서 본 하얀 가면을 떠올렸다.

혈교의 삼혈로 중 일인인 그녀와 겹친 것이다.

"부활자라니? 대체 그게 무슨 소리요?"

자신이 겪은 것 외에는 어떠한 정보도 알지 못하는 진경이었다.

도통 이해할 수 없다는 표정을 짓자 천마가 약선에게 손짓했다.

휘휙!

'응?'

순간 무슨 의미인지 알지 못했으나 이윽고 천마의 뜻을 알아챘다.

혈교와 부활자에 관해서 자신이 이야기하는 것이 귀찮으니 설명해 주라는 의미였다.

'정말 이야기하는 걸 어지간히도 싫어하는구나.'

약선은 속으로 투덜거렸다.

그런들 어쩌겠는가.

조금이라도 나이가 어린 자신이 설명할 수밖에.

약선은 천마에게 들은 혈교에 관한 이야기를 진경에게 해주었다.

한참 동안 약선의 이야기를 듣던 진경의 눈빛이 싸늘해지더니 이야기를 마치자 그의 몸에서 상상을 초월하는 살기가 뿜어져 나왔다.

현경의 고수가 내뿜는 살기는 그 기세만으로도 위협적이다.

"헉헉! 이, 이보시게, 제발 살기를 거두게."

강렬한 살기로 인해 숨을 쉬기 힘들어진 약선이 손사래를 치며 그를 만류했다.

잠시 이성을 잃을 뻔한 진경이 살기를 거둬들였다.

긴 숨을 내쉰 그가 이성을 되찾았을 거라 여겼는데 그것도 아니었다.

"후우, 그러니까 과거 그 정체 모를 놈들이 혈교라는 집단이고, 이놈들이… 내 아내를 죽인 그 혈교의 무리란 말이오?"

진경이 판목 앞에 혈도가 점해진 채 쓰러져 있는 복면인과 유백을 가리키며 물었다.

그 물음 속에 담긴 짙은 살기에 망설였지만 이내 약선은 조심스레 고개를 끄덕였다.

푹!

그 순간 진경의 손이 날카로운 검처럼 복면인의 복부를 꿰뚫었다.

비록 혈도가 점해져서 움직일 수도, 말을 할 수도 없는 복면인이었지만 고통을 느낄 수 없는 것은 아니었다.

"크우우우우웁!"

얼마나 고통스러운지 몸이 꿈틀거렸다.

아무런 반항도 할 수 없는 상태에서 죽을 위기에 처한다면 그 공포감은 배가 될 것이다.

복면인의 붉은 눈동자가 파르르 떨렸다.

"그래, 이 눈이었지. 이 눈이었어!"

푹! 푹! 푹!

진경은 멈추지 않고 그의 복부를 손으로 후볐다.

좀 전까지 인생에 대해 허탈해하던 남자의 모습은 찾아볼 수 없고 한 마리의 야수와도 같았다.

주르륵!

복면으로 가려진 입가 부분이 붉게 젖어갔다.

멀쩡한 배를 계속해서 쑤셔대니 사람이 멀쩡할 수가 없었다.

온몸을 떨어대던 복면인은 이내 숨을 거두고 말았다.
"대체 이게 무슨 짓이오? 아무리 그래도 움직이지 못하는 자를 어찌 이렇게 한단 말이오?"
약선이 당혹스러운 목소리로 진경을 나무랐다.
그 분노를 이해할 순 있었지만 지금과 같은 행동은 너무 과했다.
아무리 그의 사정이 딱하다고 한들 의료원 내에서 사람이 죽는 것을 용납할 순 없었다.
탁!
약선은 그의 맥을 짚어보았다.
멈춰 있는 맥에 그가 인상을 찌푸리며 고개를 흔들었다.
"누구 멋대로 이놈을 죽인 것이지?"
의외로 천마가 눈썹을 치켜올리며 진경을 다그치자 약선은 내심 의아해했다.
그러나 실상은 전혀 다른 의미였다.
"정보를 캐낸 후 저 육신을 연구하고 나서 죽여도 늦지 않다."
'아……!'
그에 대해 큰 기대감은 버려야겠다고 생각한 약선이다.
누군가를 죽이는 것에 대해서 큰 감정 변화가 없는 천마였지만, 부활자의 부작용에 관한 연구를 위해 잡아둔 자를 갑자기 죽여 버렸으니 어이가 없었던 것이다.

"아, 그 말도 맞구려. 본인이 너무 화가 난 나머지 실수를 한 것 같소."

그걸 또 납득하는 진경이다.

약선이 머리가 아프다는 듯이 이마를 짚었다.

"크으."

상판에서 일어난 천마가 숨이 끊어진 복면인의 복면을 벗겼다.

삼십 대 중반 정도로 보이는 사내였다.

혈도를 점해서 표정도 바꾸기 힘들었을 텐데 얼굴이 하얗게 질려서 눈을 부릅뜨고 죽은 것을 보면 죽기 전까지도 많이 두려워한 듯했다.

"응?"

천마의 눈이 이채를 띠었다.

당연히 죽었어도 동공의 색이 붉을 거라 여겼는데 아니었다.

평범한 보통 사람의 눈과 마찬가지로 갈색 빛을 띠고 있었다.

"어째서 눈이?"

"역시 노부의 예상대로구려."

"그게 무슨 소리지?"

약선은 이 현상에 대해서 뭔가를 알아챈 것 같았다.

천마의 물음에 약선이 말했다.

"아까 노부가 한 말을 기억하시오?"

"무슨 말을 말하는 거냐?"

"의술의 영역이 아니라고 했잖소."

진경의 우발적인 행동으로 인해 복면인이 죽음을 맞이하고 말았다.

그것은 아주 공교롭게도 약선이 그저 추측만 한 부분을 확신으로 만들어주었다.

"혼이 빠져나가면서 원래의 눈으로 돌아온 것이오."

"그거야 당연히 죽었으니… 아!"

천마 역시도 그제야 약선이 하는 말의 의미를 이해했다.

원래의 혼이 아닌 타인의 혼이 들어가면서 육신과 맞지 않아서 발생되는 현상이 동공이 붉어지는 부작용이었다.

"부작용은 육체적인 현상이 아니라는 말인가?"

"그렇소. 의도한 것은 아니지만 분명한 것 같소. 만약 육체적인 현상이라면 붉어진 눈 역시도 그대로 남아 있어야 하는데 그렇지 않잖소?"

"젠장."

천마의 입에서 거친 소리가 튀어나왔다.

붉은 눈의 비밀과 그것을 알아볼 수 있는 방법을 찾아내기 위해 상당 시간을 할애했다.

그런데 전혀 그 방법을 알 수 없게 되자 허무할 따름이었다.

'허허, 의술이 영역이 아니라고 했거늘.'

약선이 삼대금서를 탐독한 것은 가진 의술을 더욱 발전시키기 위해서였다.

거기에서 부수적으로 금서에 담긴 지식들을 알게 되었지만 그것이 한계였다.

여의치 못한 상황에 기분이 침체된 천마를 보며 약선이 작은 목소리로 중얼거렸다.

"차라리 술법에 능한 도사나 신기와 같은 것들을 찾는 편이 나을지도……."

"뭣?"

약선의 말에 천마가 인상을 찌푸리며 반문했다.

이에 당황한 약선이 손사래를 치며 말했다.

"그, 그냥 혼자 한 말이오."

"아니, 다시 말해봐라."

"술법에 능한 도사나 신기를 찾는 편이 나을지도……."

"신기!"

신기라는 말에 천마의 눈빛이 빛났다.

전혀 염두에 두지 않은 부분을 약선이 짚은 것이다.

그런 부분에 관해서는 전혀 알지 못한 약선이 어리둥절한 표정을 지었다.

"크크큭, 역시 이가 없으면 잇몸이지."

"대체 무슨 소리를 하는 거요?"

전혀 알아들을 수 없는 천마의 말에 진경 역시도 궁금해졌는지 물었다.

"말 그대로다. 신기가 있으면 놈들을 찾아내는 것이 가능할 수 있단 말이지."

"신기? 그게 뭐요?"

질문에 답변한 것은 약선이었다.

"노부도 그것은 혼백진경에서 읽어본 것 같소. 인간이 만든 보물이 오랜 시간에 걸쳐서 영속성(靈屬性)을 가지게 되는 것이 신기가 아니오?"

이에 천마가 고개를 끄덕였다.

그러나 여전히 이해가 되지 않는 진경이다.

"영속성?"

"사물에 혼이 깃들거나 특별함이 깃들었다고 보는 것이 맞을 거요."

천 년 전 우화등선을 하기 전의 천마는 신기에 대해서 잘 몰랐다.

하지만 천 년 동안 선도를 갈고닦으며 인세에서 알 수 없는 많은 것을 알게 된 그였다.

"그 신기로 뭘 어찌한단 말이오?"

"신기 중에서 불도나 선도의 영향을 받은 것들이 있지. 그 것들 중에선 사악한 기운이나 이치에 벗어난 것들을 구별해 내는 신기가 있다."

천마의 말대로 인고의 노력으로 만들어진 보물들은 시간이 지나면서 영속성을 가지게 된다.

그중에서도 선도와 불도의 영향을 받아서 생기게 된 신기들은 특별하다고 할 수 있었다.

"신기란 것들이 있다면 그 혈교의 부활자들을 알아볼 수 있겠구려?"

"것들이라……. 말처럼 그리 쉽게 만들어지는 것들이 아니다."

"구하기 힘들단 말이오?"

"신기가 그리 쉽게 탄생하는 줄 아느냐?"

"그럼 대체 그 신기란 것이 있긴 한 것이오?"

신기는 만들어질 때부터 인고의 노력이 깃들어야 하고, 정련된 기운이 오랜 시간 노출되어야 만들어질 수 있었다.

천마의 현천검 역시 일종의 신기라 할 수 있었다.

오직 주인인 천마에게만 감응하고 순도가 높은 마기를 머금고 있는 보검이다.

그러나 현천검은 마검이었기에 사악한 기운을 감지하거나

배척하는 능력은 지니지 못했다. 오히려 상극인 불도나 선도의 기운을 감지할 수 있었다.

이치에 벗어나거나 사악한 기운을 배제하는 신기라 하면 도가와 불가에서만이 탄생할 수 있는데 천마가 알기로는 그런 것은 단 하나뿐이었다.

"녹옥불장."

"녹옥불장? 설마 소림사의 녹옥불장을 말하는 것이오?"

약선이 놀란 얼굴로 묻자 천마가 고개를 끄덕였다.

녹옥불장(綠玉佛杖).

그것은 소림사를 상징하는 보물이면서 소림방장의 신물이다.

소림이라는 중원 불가의 중심지에 존재해 온 이 보물은 소림이 생겨난 이래 가장 불심이 깊은 소림방장이 물려받으면서 영속성을 지니게 된 신기였다.

"꽤 성가신 물건이지."

천마 역시도 천 년 전에 녹옥불장으로 인해 꽤나 곤욕을 치렀다.

녹옥불장은 혈마기뿐만이 아니라 마기와도 완전히 상극이었기에 천 년 전의 소림방장과 겨룰 때면 늘 극심한 통증을 겪어야 한 그였다.

물론 지금이라면 그럴 일이 없다.

"그, 그런데 은공, 녹옥불장은 소림사의 보물인데 그것을 빌릴 수 있겠소?"

여태껏 녹옥불장이 소림사 밖으로 나온 것은 천 년 전의 혈교의 대혈겁 이래로 세 번에 불과했다.

무림과 국가의 존속이 걸린 사항이 아니고는 소림사의 대웅전을 벗어난 적이 없는 보물이었다.

"더군다나 은공은……."

차마 뒷말은 잇지 못했다.

마교의 시초이자 마도의 종주인 천마였다.

불도와는 상극과도 같은 관계인 그를 소림사에서 환영할 리가 없었다.

약선은 모르겠지만 얼마 전에 소림의 나한승들과 십계의 일인을 없앤 전적이 있기에 더더욱 무리였다.

"…뭐, 그건 그렇지."

아무렇지 않게 말은 하고 있었지만 녹옥불장을 빌리거나 얻으려면 꽤나 힘든 싸움을 치러야 할지도 모른다.

혈교의 무리를 찾는다는 미명 아래 애꿎은 소림사의 승려들을 전부 없앨 수도 없는 노릇이다.

빈대를 잡고자 초가산간을 태우는 격이다.

아무리 천마가 자신의 앞길을 막는 적들에게 자비가 없다고 해도 무차별적인 살성은 아니었다.

"정말 녹옥불장이 있으면 그 혈교란 놈들을 잡을 수 있는 것이오?"

"지금으로서는 가장 확실한 방법이지."

과거에 대혈겁을 일으켰을 때와 달리 현재의 혈교는 직접적인 전면전을 지양하는 것 같진 않았다.

물론 확실하게 목적을 달성할 수 있는 조건이 완성된다면 모습을 드러내겠지만 그렇게 된다면 무림은 정말로 전멸할 가능성이 높았다.

천마가 현세로 부활했다는 것을 적들이 알게 된 이상 더욱 몸을 숨길 것이다.

혈교의 무리가 작정하고 숨어 배후에서 움직이는 이상 그 뿌리를 찾아내는 것은 어려웠다.

"그렇다면 방법은 하나구려."

"응?"

그때 진경이 손을 끌어당기는 시늉을 하자 보가원 마당에 듬성듬성 떨어져 있던 열 자루의 보검이 날아와 천마의 앞에 가지런히 꽂혔다.

알 수 없는 그의 의도에 천마가 미간을 치켜올렸다.

"무슨 짓이지?"

"비록 내가 동쪽 망국에서 왔다고는 하나 불도가 마기와 천적임은 알고 있소."

"그래서?"

"그대가 꺼리는 것을 본인이 하겠다는 말이오."

"설마 네놈이 녹옥불장을 가지고 오겠다는 말이냐?"

"그렇소!"

확고한 목소리에 천마의 눈이 이채를 띠었다.

다른 사람도 아닌 중원무림에서 가장 강하다고 알려진 오황의 일인인 동검귀 성진경이 직접 녹옥불장을 가지고 오겠다는 말의 무게는 가볍지가 않다.

단, 하나의 문제가 있었지만 말이다.

"설사 녹옥불장을 얻었다고 한들 그것을 취하지 않는다는 보장이 없는데 내가 네놈을 어떻게 믿지?"

천마 못지않게 혈교를 증오하는 진경이다.

그런 그가 녹옥불장을 얻게 된다면 굳이 천마에게 가져올 이유가 없었다.

분명 직접 그들을 찾아내기 위해 혈안이 될 것이 틀림없었다.

"내가 그리 어리석은 줄 아시오?"

"응?"

"아내를 잃은 날에 본인이 상대한 자는 매우 강했소. 그대의 말처럼 그 혈교라는 곳이 무림 전체를 절멸시키려고 할 만큼 거대한 조직이라면 그런 자들이 고작 한 명뿐일 리가 없지 않소."

그동안 삶에 대한 애착을 잃고 살아왔지만 진경은 망국의 장군이었다.

병법을 배웠고 집단의 힘을 누구보다 잘 알고 있는 그였기에 적을 과소평가하지 않는다.

복수를 할 대상자가 집단이라면 혼자서 해결할 수는 없었다.

"본인은… 복수를 할 수 있다면 마귀의 손이라도 잡을 생각이오."

"흥, 내가 마귀라도 된단 말이냐?"

마기를 다루기에 하는 말인 것을 알지만 약간은 못마땅한 천마였다.

그런 천마를 향해 진경이 사뭇 진지한 눈빛으로 양 무릎을 바닥에 꿇었다.

그리고 꽂혀 있는 검 하나를 양손으로 바쳐 올리며 말했다.

"믿지 못한 것을 알기에 맹세하겠소. 혈교의 무리가 세상에서 사라지고 그 뿌리를 뽑을 때까지 망국의 무장이던 본 성진경은 그대를 주군으로 모시겠소!"

"허어!"

약선이 탄성을 내지르며 놀란 표정을 지었다.

만약 보통의 무림인이 충성 맹세를 했다면 별다른 내색을 하지 않았을 것이다.

하지만 다른 누구도 아닌 중원무림의 다섯 최강자 중 한 명인 동검귀가 무릎을 꿇고 충성을 맹세한 것이다.

그야말로 일대의 대파란이라고 할 수 있었다.

'…용이 여의주를 얻은 것인가, 아니면 마신이 귀신을 얻은 것인가.'

46장

얽히고설키고

불과 이틀 후.

상해의 어촌 마을로 설유라와 모용월야가 도착했다.

생각 외로 어촌 마을 주민들을 통해 약선의 제자가 운영한다는 의료원을 찾는 데는 어렵지 않았다.

먼저 출발했고 거의 쉬지 않고 부지런히 왔기에 천마를 앞지를 것이라 여겼다.

하지만 결과는 보는 바와 같았다.

"수, 수로로 오셨다구요?"

설마 장강의 수로로 올 것이라고는 상상도 하지 못했다.

약선을 통해서 이미 나흘 전에 도착했음을 알게 된 설유라는 절망할 수밖에 없었다.

멀쩡하게 살아 있는 약선의 수양딸 백양과 창고 안에 묶여 있는 남자를 확인한 후에야 내기에서 졌다는 것을 받아들였다.

"후우~"

담배 연기가 마당을 자욱하게 물들였다.

보가원의 상판에 앉아서 여유롭게 곰방대를 물고 있는 천마의 모습이 그렇게 얄미울 수가 없었다.

"으으으……."

설유라의 상기된 얼굴을 보며 모용월야가 고개를 절레절레 흔들었다.

사실 육로로 움직이면서 그는 설유라에게 수로로 가는 것이 어떨지 의견을 제시했다.

하지만 그녀는 비록 검문의 위명 아래 굴복했지만, 여전히 무림맹에 복속된 것에 불만이 심한 장강십팔수로채가 있는 장강의 수로는 위험하다고 판단했다.

"계집, 내기는 내가 이겼다."

"네, 확실하게 제가 졌군요."

약선이 피독주를 빌려주었기에 어느 정도 시간은 벌었다.

하지만 근본적인 해독을 하지 않으면 문제는 해결되지 않는다.

설유라는 어떻게 해야 할지 고민되었다.

'사마 공자의 성격상 절대로 양보하거나 굽히지 않을 거다. 그렇다고 강제로 약선을 데려갈 수도 없는 노릇인데…….'

무력을 통해서 하기에는 천마가 너무 강했다.

더군다나 이미 내기에서 졌기에 명분 또한 없었다.

'차라리 진심으로 한 번만 더 부탁해 볼까?'

특별한 방법이 없기에 천마에게 부탁하는 것 외에는 없었다.

잠시 고민하던 설유라가 그에게 다가가 조심스러운 목소리로 말했다.

"사마 공자, 내기에서 진 것은 받아들이겠습니다."

"그럼 내기의 대가가 무엇인지는 잘 알고 있겠지?"

퉁명스러운 천마의 말에 설유라가 자신의 고운 입술을 질끈 깨물었다.

눈앞의 남자에게 연모의 감정이 있다고는 하나 그녀 역시도 자존심이 있었다.

그런 자존심을 접는 것은 정말 쉬운 일이 아니었다.

"알고 있습니다. 하지만 공자께서 혹시 정말 급하신 사안이 아니라면……."

"아니라면 약선을 양보해 달라는 말인가?"

"…네. 솔직히 말씀드리면 그렇습니다. 제 스승께서 독으로 죽어가기에 약선 어르신 외에는 다른 방법이 없습니다."

그녀의 애절하면서 정중한 부탁에도 불구하고 천마의 얼굴에는 아무런 감흥조차 보이지 않았다.

애초부터 검문을 없앨 생각이었고, 검황을 비롯한 그 대제자가 죽는다면 손대지 않고 코를 푸는 격이기에 약선을 양보할 이유가 없었다.

결국 천마가 뜻을 꺾을 생각이 없어 보이자 그녀는 최후의 수단을 쓰기로 마음먹었다.

"응?"

천마의 눈이 이채를 띠었다.

설유라가 바닥에 무릎을 꿇으려고 하는 것이다.

자존심이 강한 여자가 그것을 포기하면서까지 부탁하려 한다.

바로 그때였다.

"안 됩니다, 아가씨!"

무릎을 꿇으려는 그녀를 누군가가 다급히 만류했다.

그는 다름 아닌 검하칠위의 일인인 퇴왕 염사곤이었다.

공교롭게도 검문에 들렀다가 이곳으로 향하던 그 역시도 설유라와 비슷한 시기에 도착하게 된 것이다.

'서둘러서 왔길 망정이지. 다행이구나.'

검문의 충복에 가까운 그는 검황의 제자인 설유라가 타인에게 무릎 꿇는 것은 절대로 용납할 수 없었다.

갑작스러운 그의 만류에 설유라는 당황스러움을 금치 못했다.

"염 대협!"

"아가씨, 아무리 급한 사항이더라도 무릎은 함부로 꿇는 것이 아닙니다!"

"하지만 그렇지 않으면 스승님을 구할 수가……."

"설마… 내기에서 진 겁니까?"

막 도착한 나머지 정황을 알지 못한 그였다.

고개를 끄덕이는 설유라를 보며 상황이 어찌 돌아가는지 파악되었다.

내기에서 졌기 때문에 설유라가 무릎마저 꿇어가면서 천마에게 부탁을 하려 한 모양이다.

"허어……."

염사곤의 입에서 허탈한 한숨이 흘러나왔다.

내기의 조건은 동일했기에 오히려 중원 각지에 있는 검문의 힘을 쓸 수 있는 설유라가 더욱 유리하다고 판단한 그였다.

그러나 그 역시도 한 가지 간과한 점이 있었다.

다른 곳은 몰라도 이곳 상해만큼은 검문의 영향이 전혀 닿아 있지 않다는 것이다.

오황의 일인인 동검귀는 이곳 상해에 들어온 모든 문파를 멸문시켰다.

'서역 백타산, 북해빙궁, 동무림의 상해 지역이 아직 검문 산하에 있지 않다는 것을 나 또한 간과하고 있었구나.'

그야말로 불찰이었다.

설유라가 무릎까지 꿇으려는 심정이 이해가 갔다.

하지만 다른 이라면 몰라도 저 오만한 남자가 무릎을 꿇는다고 부탁을 들어줄 리가 없었다.

"부디 말리지 말아주세요, 염 대협."

"아가씨, 일단은 안 됩니다. 그리고 저자는 무릎을 꿇는다고 해서 약선을 양보할 위인이 아닙니다."

"하지만……."

그때 가만히 담배를 피우고 있던 천마가 입을 열었다.

"재밌군. 그렇다면 네놈이 무릎을 꿇고 아주 정중히 부탁한다면 부탁을 들어주도록 하지."

"뭐?"

한순간 염사곤의 얼굴이 딱딱하게 굳어버렸다.

절대로 양보하지 않을 것 같던 천마가 그런 말을 하자 설유라 역시도 두 눈이 동그래졌다.

"지, 지금 나보고 무릎을 꿇으라는 건가?"

"그래."

염사곤은 하도 황당한 나머지 말문이 막혀 버리고 말았다.

설유라에게 무릎을 꿇지 말라고 했는데 도리어 자신이 꿇게 생겼다.

과거 검황의 산하로 들어갈 때 무릎을 꿇은 이후 누구에게도 무릎을 꿇지 않은 그였다.

"퇴왕 염사곤, 그대는 본좌 이외의 어떠한 누구에게도 무릎을 꿇어선 안 될 것이다."

당시 검황이 자신에게 한 말이 머릿속을 스쳐 지나갔다.

그것을 떠올리자 더욱 착잡해지는 그였다.

담배 연기를 뿜으며 이죽거리는 천마의 얼굴을 보니 울화가 치밀어 올랐다.

'으득! 여태까지 절대로 약선을 양보하지 않을 것처럼 굴던 놈이 대체 무슨 수작이란 말인가?'

절대로 무릎만은 꿇고 싶지 않았다.

아무리 그가 자신보다 강하다고 해도 새파랗게 젊은 후학에게 무릎을 꿇는 것은 있을 수 없는 일이었다.

"염 대협……."

"아아, 아가씨."

애처로운 눈빛으로 쳐다보는 설유라.

그녀의 얼굴을 보고 있자니 마음이 약해지는 그였다.

독에 중독된 검황을 살리려면 약선을 데려가야 하는데 참으로 난감했다.

잠시 고민하던 그는 결국 결정을 내려야만 했다.

'그래, 내가 굴복하는 것도 아니고 주군을 살리기 위해 무릎을 꿇는 것인데 이를 아까워할 이유가 있나.'

망설이던 염사곤이 바닥에 털썩 무릎을 꿇었다.

그 모습에 한편에 서 있던 약선이 속으로 혀를 찼다.

'정말 악취미군.'

설마 검하칠위의 일인을 이런 식으로 무릎 꿇리게 할 것이라고는 상상도 못했다.

바닥에 무릎을 꿇은 염사곤이 머리를 숙이며 말했다.

"…부디 주군을 살릴 수 있게 약선을 양보해 주시게!"

정중하다기보다는 목소리에 굉장히 힘이 들어가 있었다.

마지막 자존심이라고 할 수 있었다.

'정말 이놈이 무릎을 꿇는다고 부탁을 들어줄까?'

괜히 자신을 가지고 노는 것은 아닌지 의심마저 들었다.

그런 염사곤의 모습을 내려다보던 천마가 대수롭지 않다는 듯이 말했다.

"뭐, 그리 필요하다면 데려가라."

"아?"

뭔가 약을 올린다거나 혹은 더 과한 것을 요구할지 모른다고 염려한 그였다.

그런데 이렇게 흔쾌히 부탁을 들어주니 괜히 허탈해지는 염사곤이다.

와락!

"공자, 고마워요!"

그때 마음을 졸이면서 지켜보던 설유라가 눈물을 글썽이며 기습적으로 천마에게 안겼다.

갑작스러운 행동에 천마 역시도 그녀를 뿌리치지 못했다.

"아, 아가씨!"

방금 전까지 허탈해하던 염사곤이 그 모습에 이글이글 타오르는 눈빛으로 천마를 노려보았다.

감동한 설유라가 천마의 품에 안기자 순간 이런 생각마저 들었다.

'이놈이 처음부터 양보할 생각이었는데 아가씨를 꼬드기려고 일부러 이런 헛짓거리를 한 것인가!'

콰득!

분노로 손에 힘이 들어가자 마당의 바닥이 움푹 파였다.

오해를 한 것은 그뿐만이 아니었다.

설유라 역시도 비슷한 맥락으로 오해하고 있었다.

'공자가 원래부터 내게 양보하려 했는데 일부러 구실을 만

든 것이구나. 역시 내게 마음이 없는 것이 아니구나, 후후후.'

오해였지만 기분이 좋아진 그녀의 얼굴은 붉게 상기되었다.

"흐음."

의도를 받아들이는 것은 자유이기는 하나 실상은 달랐다.

천마의 품에 안기느라 보지 못했지만 그의 눈빛이 묘하게 반짝이고 있었다.

약선이 고개를 절레절레 흔들었다.

'그냥 곱게 양보해도 될 것을 저리… 쯧쯧.'

오늘 도착한 설유라를 비롯한 이들은 몰랐지만 지금 보가원에는 동검귀의 모습이 보이지 않았다.

그것은 동검귀가 이미 하남의 숭산을 향해 여정을 떠났기 때문이다.

동검귀는 자신만만한 태도로 빠른 시일 내로 녹옥불장을 가지고 마교로 올 것을 기약했다.

약선은 이틀 전의 일을 떠올렸다.

의도하지 않게 오황의 일인인 동검귀 성진경을 수하로 거두게 된 천마.

천마의 원래 목적은 약선을 통해 부활자들을 알아볼 수 있는 방법을 알아내는 것이었다.

그러나 약선의 힘으로 그것이 불가능함을 알게 되자 굳이 그를 필요치 않게 된 것이다.

약선은 자신을 필요로 하지 않는다면 한동안 정파무림맹이나 혹은 검문에 몸을 의탁해 볼 의사를 밝혔다.

혈교의 무리가 언제 나타날지 모를 상황 속에 무소속으로 돌아다니기에는 위험 부담이 컸다.

무공을 안다고는 해도 일개 의원 혼자서 거대한 조직을 감당할 순 없었다.

그런데 그 무렵 보가원으로 천마를 찾아온 이들이 있었다.

면사를 쓴 여인들이었는데, 가려진 모습만으로도 아름답고 화려한 자태가 기생처럼 보였다.

그녀들은 절강성 현화연의 지부에서 왔다고 정체를 밝혔고, 천마를 따로 알현해 뭔가를 고했다.

여인들이 떠나고 천마는 상당히 심각한 얼굴이 되어 있었다.

"무슨 일이라도 있는 것이오?"

한참을 생각에 잠겨 있던 천마가 그에게 말했다.

"늙은이, 만약에 검문이라는 곳이 혈교와 연결점이 있다면 어떻게 할 텐가?"

"그, 그게 무슨 소리요? 검문이 혈교와 연결점이 있다니?"

약선으로서는 믿기 힘든 말이었다.

정파무림의 중심이자 무림을 통일하다시피 한 검문이 혈교와 연결되었다는 것은 어불성설에 가까웠다.

천마는 마교를 되찾은 후 무림맹과 남마검 마중달 일파가 부딪치게 만들 책략을 냈다.

그것은 마중달의 딸을 인질로 무림맹에 있는 천나연과 천마검을 되찾아서 교환하자는 협박문을 보낸 것이다.

단순하게는 마교의 것을 되찾고자 하는 것처럼 보이지만 실상은 두 세력이 상충하게 만들어 이(利)를 보기 위함이었다.

그런데 이번에 그에게 온 현화연의 전보에 따르면 마중달이 천나연과 자신의 딸을 교환할 것을 요청한 것이다.

여기서 현화연의 다른 정보에 의하면 무림맹에서는 공식적으로 천나연이 여전히 구금되어 있는 것으로 알려져 있었다. 그렇다면 천나연은 불현듯 남마검의 수중으로 가 있다는 말이다.

'뭔가 배후에 다른 무언가가 움직이고 있다.'

천마는 그 뒤에 있을 다른 책략가의 그림을 읽어냈다.

이로 인해 다시 마교와 남마검의 세력이 부딪쳐야 할 상황이 발생했다.

이것은 검문이 이득을 볼 수 있는 부분이기도 하지만 명분을 중요시하는 정파 특유의 책략으로 보기에는 사뭇 달랐다.

'북해 정벌 때도 비공식적인 정보임에도 혈교에서 노렸다. 그렇다면 검문 뒤에는 역시 혈교가 있는 것인가.'

작은 미심쩍음이 천마에게는 어느새 확신으로 바뀌고 있

었다.

검문이 어떤 식으로든 혈교와 연결되어 있을 수도 있다는 확신.

"믿을 수가 없소. 만약에… 만약에 정말 그렇다고 한다면 무림 전체가 속고 있다는 것이 아니오?"

검문의 배후에 혈교가 자리하고 있다면 그 사태는 무림에 있어서 최악이라 할 수 있었다.

약선은 천마가 왜 그렇게 심각해했는지 이해가 되었다.

천마는 그런 약선에게 예상지 못한 제안을 했다.

"좋아. 그렇다면 늙은이, 너는 이대로 설유라를 따라가서 검황을 치료해라."

"뭐, 뭐요?"

뜻밖의 말에 약선이 의아해했다.

만약 정말로 검문이 혈교와 연결되어 있다면 범의 아가리로 들어가는 꼴이 아닌가.

그런데 천마는 뭔가 다른 복안이 있는 듯했다.

"너에게 사람을 붙여주겠다. 솔직히 얘기하면 나는 그들에게 뭔가 배후가 있고 그것이 혈교라고 생각한다. 하지만 그것은 확실하지 않지."

"그럼 어쩌란 말이오?"

"네가 가서 검황을 치료하면서 검문 내의 동태를 살피란 말이다."

"내가… 내가 말이오? 노부는 의원이오. 그런 것은……."

약선은 이 상황을 어찌해야 할지 당혹스러웠다.

천마의 말대로 한다면 자신이 검황을 치료하면서 첩자 역할을 하라는 말인데, 정말 위험 부담이 컸다.

"걱정 마라. 아무리 배후에 혈교가 있어도 이목이 많은 검문 내에서 네놈을 건드릴 수는 없다."

"그렇다면?"

"검황의 치료가 끝나고 나왔을 때를 노리겠지."

천마가 노리는 것은 바로 그때였다.

만약 정말로 배후에 혈교가 있다면 그때를 노릴 것이다.

"자, 잠깐! 설마 은공은 이 노부를……."

"제법 똑똑하군. 크큭, 그래. 늙은이 네가 미끼가 되라는 말이다."

졸지에 첩자에 미끼마저 되라는 말에 약선은 어이가 없어 할 말을 잃고 말았다.

사천 지역의 북단 깊은 산골짜기에 자리 잡고 있는 삼혈로 중 이석의 은거지.

큰 규모의 은거지 내에는 많은 시설이 갖추어져 있었는데 그곳에는 의료 시설 역시 있었다.

의료실의 침상에는 부상을 입은 아름다운 여인이 누워 있고 파란 가면을 쓴 사내가 그 옆을 지키고 있었다.

여인은 혈교의 삼혈로 중 말석에 해당하는 삼석이었다.

"하실 일도 많을 텐데 계속 여기에 있을 참인가요?"

"삼석이 아파서 누워 있는데 같은 삼혈로로서 간호를 해야지."

능글 맞는 목소리에 여인이 콧방귀를 뀌었다.

"흥, 언제부터 절 챙겼다고 그러나요. 뭔가 원하는 바가 있으니 그러시겠죠."

"후후후, 역시 삼석은 참 영민해."

파란 가면의 남자 이석이 자리에서 일어나 뒷짐을 지었다.

그는 먼 옛날부터 삼석에게 큰 관심을 보여 왔다.

그것이 어떤 것인지 그녀는 잘 알고 있었다.

"답답하니 가면을 벗는 건 어떤가요? 은거지 내에서까지 가면을 쓰라는 규정은 없을 텐데요."

"아냐, 아냐. 전에는 답답했는데 이제는 이 가면과 혼연일체가 된 것 같거든."

정체를 숨기기 위한 물건이었지만 이제는 상징적으로 바뀌었다.

그런 이석의 말에 그녀는 이해할 수 없는지 혀를 내둘렀다.

이석이 그런 그녀를 바라보며 말했다.

"준비 기간이 길었기에 변수가 없을 거라 여겼는데 여전히 이 망할 중원에는 변수가 넘치는군."

"그 말은 부정할 수가 없군요."

천 년의 세월을 뛰어넘어 부활한 그들이다.

무에 적합한 신체와 인고의 시간을 통해 무림에서 지고의 경지라 불리는 현경에 올랐음에도 과거의 벽은 여전히 견고하게 버티고 있었다.

"그러게 삼석도 빨리 육신을 갈아타라고 했잖아. 천음지체가 아니면 극성의 혈옥수를 발휘할 수 없다고 했는데. 나 같으면 벌써 바꿨을 거야."

"천음지체를 구하는 게 그리 쉬운 일인 줄 아나요."

천음지체(天陰志體).

하늘이 내린 음기로 가득한 신체이다.

음기가 가득한 무공을 익힌다면 최상의 경지에 오를 수 있는 육신이지만, 백 년에 한 번 하늘이 내린다는 육체를 쉽게 구할 수 있을 리가 만무했다.

"왜, 우린 그 육체를 이미 구했잖아."

"그 얘기는 이미 끝난 걸로 알고 있는데요."

이석의 말에 삼석은 경기를 일으키듯이 몸서리를 쳤다.

정말로 싫은 티가 가득했다.

"그자의 후손이라서 그런 건가?"

"놈의 혈손을 비롯해 그 흔적까지 하나도 남김없이 없앨 것인데 내가 그 혈손의 몸을 취할 것 같나요?"

"참으로 기구하구만. 쯧쯧."

이석이 오히려 이해할 수 없다는 듯이 혀를 찼다.

천음지체의 육신을 취한다면 충분히 무공을 완성시킬 수 있고 더욱 강해질 수 있는데 그것을 분노로 인해 포기했다.

하지만 혈교인이라면 그자에 대한 한이 사무치지 않은 자가 없을 것이다.

그때 의료실 앞에서 다급한 발소리가 들려왔다.

"이석, 급보입니다!"

"급보? 삼석, 급한 용무라 나는 가볼 터이니 쉬고 있어."

"…알겠어요."

삼석은 쓸쓸한 얼굴로 고개를 끄덕이며 침상에 누웠다.

같은 삼혈로라고 해도 서로 각자의 세력을 구축하고 있다 보니 자세한 정보를 공유하진 않았다.

별로 중요하지 않다면 이 방에서 급보를 들었겠지만 분명 중요한 사항임이 틀림없었다.

의료실을 나온 이석은 자신의 집무실로 향했다.

집무실 밖에 급보를 전달하기 위해 파란 혁대의 복면인이 기다리고 있었다.

"들어와라."

"충!"

이석을 따라 들어온 파란 혁대의 복면인이 둘둘 말려 있는 종이를 넘겼다.

그것을 펴서 읽어 내려가는 이석의 눈빛이 갈수록 흔들렸다.

"실패를 해?"

"출진한 흑마대의 연락이 전부 두절되었습니다. 그래서 강서성의 거점에 있는 다른 부대에서 확인을 해본 결과 전부 살해되고 흑마 대주의 시신은 사라졌습니다."

으득!

이석의 파란 가면 뒤에서 이를 가는 소리가 들렸다.

최대한 서둘렀고 현경의 고수조차 방심할 수 없는 흑마광풍진을 펼칠 수 있는 부대를 파견했는데도 실패한 것은 조직에 있어서도 상당한 타격이라 할 수 있었다.

'젠장, 본 단에서 책임을 물어오겠군.'

흑마대를 파견한 것은 독단적인 행동에 가까웠다.

흑마 대주를 역임하고 있는 이는 천 년 전에도 한 부대를 이끌던 부활자였다.

부활자들에 관한 파견은 오직 주군인 그분만이 지시할 수 있는 권한이었다.

이석이 집무실의 허공 한곳을 쳐다보며 물었다.

"본 단에서 따로 하달된 것은 없었나?"

그러자 그가 바라보고 있던 집무실의 한편에서 검은 혁대를 매고 있는 복면인이 나타났다.

다른 복면인들과 사뭇 분위기가 다른 자였다.

그는 이석에게 속해 있는 자가 아닌 본 단의 명령만을 들었다.

"그렇지 않아도 본 단에서도 전보가 도착해 보고를 드리려 했습니다."

"뭐지?"

"그분께서 삼석을 비롯해 이석도 본 단으로 호출하셨습니다."

"혹시 일석도 말인가?"

"일석께서는 이미 본 단에 계십니다."

검은 혁대의 복면인의 말에 이석의 눈빛이 흔들렸다.

벌써 십 년이 넘는 세월 동안 삼혈로를 동시에 본 단으로 부른 사례는 없었다.

그들을 동시에 부른다는 것은 본격적인 회동의 시작이란 의미였다.

'드디어 움직이시는 것인가.'

부활한 지도 어언 몇십 년이 넘었다.

인고의 세월을 보내며 준비 과정에만 매달려 왔는데, 드디어 호출했다는 것은 혈겁의 시기가 도래하고 있음을 의미했다.

그 계기에는 분명 그자의 등장이 지대한 영향을 미쳤을 것이다.

"곧 출발하겠다고 본 단에 아뢰어라."

"알겠습니다."

스르르륵!

그 말과 함께 검은 혁대의 복면인이 그림자 속으로 사라졌다.

복면인의 기척이 완전히 사라지는 것을 확인한 이석이 파란 혁대의 복면인에게 말했다.

"그 일은 어찌 되었느냐?"

"분부하신 대로 부대를 파견했으나……."

"파견했는데 어찌 되었단 말이냐?"

"해남도에 도착하기도 전에 다른 누군가에게 그녀를 탈취당했습니다."

"뭐, 뭐야?"

여태껏 평정심을 잃지 않던 이석의 목소리에 힘이 들어갔다.

삼혈로 중에서도 계략에 능한 그였지만 이렇게 연달아서 실패를 맛본 것은 오랜만의 일이었다.

"대체 누가 그녀를 탈취한단 말인가? 설마 마교에서?"

"아닙니다. 아무래도 남마검이 직접 움직인 것 같습니다."

콰직!

남마검이 움직였다는 말에 이석이 기대고 있던 책상 모서리가 바스러졌다.

주군의 심기가 불편함을 깨달은 복면인의 몸이 순간 움찔했다.

평소에는 냉철하면서도 화가 나면 물불을 가리지 않는 그의 성정을 잘 알기 때문이다.

"하, 하나… 남마검의 수중에 그녀가 들어갔다면 오히려 잘된 것이 아니올지."

정보에 의하면 마교를 다시 탈취한 마교주 천극염의 손에 남마검의 여식이 인질로 잡혀 있었다.

그렇다면 두 세력은 똑같은 패를 쥐고 있기에 상충할 확률이 높았다.

혈교의 입장에서는 골칫거리나 마찬가지인 두 세력을 한 번에 해결할 수 있는 상황이기에 하는 말이었다.

"어리석기는. 본좌가 그것 때문에 그러는 줄 아느냐."

그녀가 단순히 마교주의 여식이라면 두 세력의 상충용으로 활용하는 것이 맞았다.

하지만 천나연은 백 년에 한 번 나올까 말까 하는 천음지체였다.

삼석의 혈옥수를 완성할 수 있는 신체이면서도 기존의 강시들과는 차원이 다른 최강의 강시를 만들 수 있는 육체였다.

"후우, 명파에게 일러서 본좌가 본 단에 다녀올 동안 대책을 마련하도록 하라."

"대책이라 하시면……?"

"천음지체를 탈취할 수 있는 대책을 말이다!"

"추, 충!"

놀란 파란 혁대의 복면인이 다급히 집무실에서 나갔다.

혼자 집무실에 남아 있는 이석의 파란 가면의 틈새로 붉은 안광이 짙어졌다.

중원 하남성 등봉현의 서북쪽 소실산의 북쪽 봉우리 숭산.

숭산의 아래쪽에는 고찰이 자리 잡고 있었는데, 이곳이 바로 소림사였다.

중원 무학의 근원지라 불리는 소림사는 현 무림의 풍파를 벗어나 유일하게 기존의 힘을 그대로 유지하고 있었다.

최근에 들어서 십계의 일인인 원일 선사를 잃으면서 그 분위기가 침체되었으나, 여전히 그들은 중원의 태산북두였으며 그 저력은 어느 누구도 무시할 수 없었다.

햇볕이 뜨거운 정오.

소림사의 입구인 산문(山文) 앞으로 수백 명에 이르는 소림의 무승이 나와 있었고, 그 앞에는 아홉 명의 십계승과 소림의 방장인 원각 대사가 나와 있었다.

소림의 모든 전력이 나올 정도면 사태가 여간 심각하지 않은 것이다.

그 한가운데에는 큰 철갑을 등에 메고 있는 죽립인이 그들과 대치한 채로 서 있었다.

어째서 소림의 방장을 비롯한 모든 전력이 소림의 입구라 할 수 있는 산문에 나와서 이 죽립인과 대치하고 있는 것일까?

'오황의 일인이라 하더니 기세가 심상치가 않구나.'

소림의 무승들은 전부 긴장된 눈빛으로 그를 지켜보고 있었다.

갑작스럽게 소림을 방문한 이 죽립인은 자신을 오황의 일인인 동검귀라고 밝혔다.

중원 무학의 근원지인 소림이라고는 하나 중원무림의 최고 고수라 불리는 오황 중의 한 사람이 직접 소림사를 방문했으니 그 사태를 가벼이 여길 수 없었다.

더군다나 동검귀는 소림사에 용납하기 힘든 요구를 했다.

서로가 말없이 대치하던 중에 결국 방장인 원각 대사가 먼저 입을 열었다.

"오황의 일인인 동검귀 시주를 뵙게 되어 영광이오. 본 승은 소림의 방장을 맡고 있는 원각이라고 하오."

"본인 또한 무학의 근원지라 불리는 소림의 방장을 뵙게 되어 영광이오."

상대는 중원에서도 존경받는 소림의 방장인 원각 대사였다.

동검귀 진경이라 할지라도 가볍게 대응할 수 있는 위치가 아니었다.

진경이 정중하게 고개를 숙이며 포권을 취하자 좌중의 분위기가 조금은 누그러졌다. 원각 대사가 말을 이어갔다.

"산문을 지키는 무승들에게 들으니 시주께서 본사에 보물을 빌리기를 청했다고 들었는데 그 말이 사실이오?"

"사실이오. 본인에게 어떠한 사정이 있기에 소림의 보물을 빌리기를 청했소."

그 보물은 바로 녹옥불장이었다.

소림사를 상징하는 보물이면서 소림사의 방장을 상징하는 신물이다.

진경의 말이 끝남과 동시에 누군가 진각을 밟았다.

쿵!

진각을 밟는 자의 내공이 어찌나 심후한지 주위의 땅이 전부 흔들린다고 느껴질 정도였다.

그는 다름 아닌 소림 십계의 살계승이며 소림사의 최고 고수라 불리는 원강 선사였다.

화경의 극에 오른 그는 비록 현경의 경지에는 오르지 못했지만 그 심후한 내공만큼은 내가 무공에 있어서 정점에 이르러 있었다.

"아무리 오황이라고 하지만 어찌 소림의 보물을 탐한단 말인가!"

호전적인 성격의 원강 선사가 분노를 참지 못하고 외쳤다.

오른팔의 소매가 헐렁한 것으로 보아 그는 외팔임에도 불구하고 그 기세가 불도의 신장을 눈앞에 둔 것처럼 매서웠다.

"원강 사형, 잠시 화를 거두시오."

그런 원강 선사의 앞을 원각 대사가 손을 내밀어 가로막았다.

그의 불같은 성정에 더 내버려 뒀다간 곧장 출수할 기세였기 때문이다.

하지만 상대는 중원무림에서도 살성이자 귀신이라 불리는 동검귀였다. 자칫 잘못 대응했다가는 소림의 안방에서 큰 화를 입을 수도 있었다.

"하나 방장 사제!"

"자초지종을 듣고 판단해도 늦지 않소."

"크윽, 알겠네."

원강 선사가 뒤로 물러나자 다시 원각 대사가 진경에게 말했다.

"녹옥불장은 대대로 방장인 본승이 물려받아 온 본사의 보물이오. 그런데 어찌해서 시주께서는 이것을 빌리려고 하는 것이오?"

소림이 세워진 이래로 녹옥불장을 빌리려고 한 자는 존재하지 않았다.

무림의 태산북두라 불리는 소림사의 보물을 어느 누가 노린단 말인가.

더군다나 무림에서 최고 고수라고 할지라도 녹옥불장은 녹옥으로 만든 지팡이에 불과했기에 특별히 선장무공을 익히지 않는 이상 쓸모가 없었다.

"대사, 납득할 만한 이유라면… 녹옥불장을 빌려줄 수 있소?"

"허어."

허를 찌르는 진경의 말에 원각 대사가 신음성을 흘렸다.

자초지종을 듣는다고 한들 소림의 보물인 녹옥불장을 빌려줄 생각은 처음부터 없었기 때문이다.

대대로 녹옥불장은 소림의 방장 이외에는 누구도 손댈 수가 없었다.

빌려주고 말고를 따질 수 있는 물건이 아니었다.

"어차피 그럴 줄 알았소."

"시주, 그게 무슨 말이오?"

"어차피 부탁을 들어주지 않을 거라는 걸 알고 있었단 말이오!"

팡!

진경이 메고 있던 철갑을 풀더니 그것을 손바닥으로 내려쳤다.

그러자 철갑이 분해되면서 그 안에서 열 자루의 보검이 허공으로 치솟았다.

"이, 이것은?"

그것은 무공에 있어서 지고의 경지인 현경에 이른 고수만이 가능한 신기로 이기어검이었다.

"허어, 시주, 정말 이렇게까지 해야겠소?"

원각 대사가 마지막 경고와도 같은 말을 했다.

진경은 전혀 개의치 않는다는 듯이 손을 뻗으며 외쳤다.

"각오한 바외다!"

일대 대파란을 낳을 것 같은 동검귀 진경의 출수.

그것은 누구도 예상하지 못한 방향으로 흘러갔다.

아무리 오황의 일인이면서 현경의 고수라고 할지라도 몇 백 명의 무승, 나한승, 십계승을 감당하기는 쉽지 않은 일이다.

더군다나 소림에는 공식적으로 무림의 어떠한 누구도 깬 적이 없는 백팔나한진이 있다.

동검귀 진경의 출수는 그 모든 것을 감당하겠다는 의지였다.

슈우우욱!

뜨거운 태양 아래 하늘을 수놓은 열 자루 보검의 자태는 좌중을 감탄케 했다.

"합!"

감탄도 잠시, 무승들이 일제히 곤봉을 들고 임전 태세에 들어갔다.

그러나 그가 곧바로 노린 것은 다름 아닌 원각 대사였다.

"…이게 무슨 짓이오?"

원각 대사는 당혹감을 감추지 못했다.

비록 동검귀가 출수를 했다지만 그 역시도 무림에 명성이 있는 바, 설마 곧장 자신을 노릴 것이라고는 상상도 못했다.

공력을 끌어 올리고 있었지만 이미 검 끝은 그의 요혈을 향해 있었다.

열 자루의 보검은 원각 대사가 조금이라도 움직이면 그대로 그를 꿰뚫을 기세였다.

"어찌 이리 비겁할 수 있단 말인가!"

"천인공노할 자 같은 이라고!"

십계승 중 가장 호전적인 원강 선사를 비롯한 원무 선사가 화를 참지 못했다.

무림에서 명성이 드높은 자의 행동이라고 믿기 힘들었다.

그러나 원각 대사를 비롯한 소림사의 무승들이 착각하고 있는 것이 하나 있었다.

'비겁해? 병가지상에 머리를 노리는 것이 당연한 것 아닌가.'

이들은 진경을 그저 무림인으로 알고 있지만 그는 뿌리부터가 무장(武將)이었다.

무림의 법칙은 전혀 개의치 않는 그였다.

진경에게 있어선 얼마만큼 효과적으로 전황을 운영하는지가 관건이었다.

"비겁하다고 생각하오?"

"지금 그걸 말이라고 하는 것이냐!"

분노한 원강 선사가 사자후에 가까운 호통을 쳤다.

"그대들은 수백이고 본인은 혼자인데 방법이 있겠소?"

"그, 그건……."

진경의 말에 원강 선사는 순간 말문이 막히고 말았다.

병법이나 전략적으로 혼자인 그가 택할 수 있는 방법은 소림의 머리인 원각 대사를 노리는 것이다.

아무리 강한 무인이라도 수백의 고수를 감당하기는 힘들다.

"본인이 비겁하다고 하기에는 소림의 모든 전력의 검 끝이 본인 한 점으로 향하고 있기에 어쩔 수 없는 선택이었소."

불도를 수양하는 정도의 중심인 소림사이다.

그만큼 더욱 명분을 중시하기에 진경의 말에 호전적인 원강 선사조차도 쉽게 답변하지 못했다.

하지만 소림에서도 대외적인 활동을 할 정도로 지혜로운 승려도 있었다.

그는 십계에서 탐계를 맡고 있는 원명 선사였다.

"시주의 논리가 맞기는 하지만 중원무림에서 오황이라는 칭호는 절대 가볍지 않습니다. 그대는 지고의 경지인 현경의 고수인데 어찌 저희가 한 명 한 명이 상대할 수 있단 말입니까?"

요지는 그랬다.

이론적으로 현경의 고수를 상대하기 위해서는 그 아래의 경지인 화경의 고수가 적어도 열 명 이상이 필요했다.

그런데 소림에서 화경에 이른 고수는 방장인 원각 대사를 포함해 십계승의 다섯 명이다.

원래는 일곱 명의 화경의 고수를 보유하고 있던 소림이지만 한 명인 원일 선사가 천마의 손에 죽었기 때문에 도합 여섯 명이었다.

물론 그것만으로도 정도 무림에서 검문과 무당파를 제외한 최고의 전력이라 할 수 있었다.

"그런 절대적인 고수인 시주가 소림의 보물을 빌려달라고 떼를 쓰는 격인데, 어찌 본사에서 용납할 수 있단 말입니까?"

청산유수와도 같은 말에 좌중의 무승들이 고개를 끄덕이며 동의했다.

그러나 사건의 당사자인 동검귀 성진경은 전혀 동의하지 않는지 고개를 저었다.

"그대들의 입장에서 본다면 그럴 수도 있으나 본인은 전혀 부끄럽지 않소."

"허어! 이게 무슨 궤변이란 말이오?"

수욱!

그때 진경이 손을 흔들자 원각 대사의 요혈을 노리던 열 자루의 보검이 더욱 가까이 파고들었다. 조금만 더 움직이면 원각 대사에게 닿게 된다.

"아미타불!"

이에 인상을 찌푸리던 원각 대사가 두 눈을 감으며 경을 외웠다.

대체 오황 중의 일인인 동검귀의 진정한 목적이 무엇이기에 이렇게까지 소림의 신물인 녹옥불장을 원하는지 이해할 수 없었다.

잠시 두 눈을 감고 있던 원각 대사가 눈을 뜨며 입을 열었다.

"시주께선 어째서 녹옥불장을 원하는 것이오?"

앞서 출수를 하기 전과는 사뭇 다른 분위기의 원각 대사의 물음에 진경은 고민했다.

원하는 상황만을 유도하는 것이 옳을지 아니면 적어도 근본적인 사유는 밝혀야 하는지 망설여졌다.

결국 진경은 그 이유를 일부 밝혔다.

"…머지않아 중원무림에 대혈겁이 도래할 것이오. 무림의 존망을 위해, 아니, 그것을 막기 위해선 녹옥불장이 필요하오."

개인적인 복수심도 담겨 있었지만 중원 불도의 중심지인 소림에서 밝힐 순 없었다.

"혈겁? 그게 대체 무슨 소리요?"

혈겁이라는 말에 원각 대사는 의아해하면서도 그 눈빛이 흔들렸다.

진경이 소림의 신물을 원하는 이유가 그저 사욕이 아닌 대의를 위해서임을 밝혔기 때문이다.

"그것은 아직 밝힐 수 없소. 하지만 혈겁을 막게 된다면 빌린 녹옥불장은 반드시 소림에 돌려줄 것을 약조하겠소."

강한 의지를 보이는 진경의 말에 원각 대사는 고민에 빠졌다.

무승들 역시도 무림의 존망을 거론하며 대의마저 표명하자 당혹감을 감추지 못했다.

소림사의 기본 정신은 구국애민(救國愛民)이다.

오황의 일인인 그가 무림의 존망이 걸린 혈겁을 막기 위해 녹옥불장을 빌려달라고 한 것이니 대의명분이 강했다.

[원명 사제, 이를 어찌하면 좋겠는가?]

원각 대사가 원명 선사에게 전음을 보냈다.

아무리 소림의 방장이라고 하지만 신물을 빌려주는 일은 쉽게 결정 내릴 수 있는 것이 아니었다.

[방장 사형, 정말 난감하기 그지없군요.]

[녹옥불장이 소림의 보물이기는 하지만 시주의 대의는 무시하기 힘든 수준이오.]

[하나 돌려준다는 말도 믿기 힘들뿐더러 녹옥불장을 그냥 빌려주기에도 명분이 서지 않습니다.]

원명 선사가 우려하는 것은 소림의 명분이었다.

만약에 쉽게 녹옥불장을 빌려주게 된다면 소림의 체면이 말이 아니게 된다.

대의명분을 거론했다는 것만으로 소림의 신물을 넘기게 된다면 차후에 다른 누군가가 그런 대의를 들먹이면서 소림에 무언가를 요구한다면 그들은 거절할 수 있는 명분을 잃고 마는 것이다.

[아미타불.]

전음으로 염불을 외우는 원각 대사를 바라보며 원명 선사가 문득 복안을 떠올렸다.

[아, 방장 사형, 차라리 이렇게 하는 것은 어떻습니까?]

[무슨 복안이라도 있소?]

[이렇게 하는 것이…….]

원명 선사의 설명을 듣고 있던 원각 대사의 얼굴이 밝아졌다.

그의 전음에 어느 정도 정리가 되자 원각 대사가 입을 열었다.

"시주의 뜻은 충분히 알아들었소. 하지만 아무리 대의명분이라고 해도 소림의 신물을 외인인 시주에게 쉽게 빌려줄 순 없는 노릇이오."

"그렇다면 어찌하면 좋겠소?"

"소림의 시험을 통과한다면 녹옥불장을 빌려주겠소이다."

"소림의 시험?"

원명 선사가 복안으로 내놓은 것은 바로 소림의 시험이었다.

그저 대의명분에 휩쓸려서 신물을 내놓기보다는 거절할 수 있는 명분을 만드는 것이었다.

설사 그 시험을 통과한다고 하여도 차후에 있을 일을 대비하기 위함이다.

누구도 소림에서 무언가를 요청하기 위해서는 이 정도의 시험은 각오해야 한다는 의지이기도 했다.

"정도 무림의 태산북두라 불리는 소림에서 두말은 하지 않을 거라 믿겠소."

진경이 손을 끌어당기자 원각 대사의 요혈을 겨냥하고 있던 열 자루의 보검이 다시 그의 주변으로 돌아와 허공에서 회전했다.

그 모습에 원각 대사는 내심 불안한 마음이 들었다.

'아직 시험이 무엇인지 듣지도 않고 검을 회수하다니, 그만큼 자신이 있다는 말인가?'

자신감을 넘어서 오만해 보이기까지 했다.

화경의 극에 이른 자신조차도 단 한 번의 출수로 제압한 자다.

어쩌면 그를 낮게 평가하는 것은 자신들일지도 몰랐다.

하지만 이미 방장의 입으로 선언했기에 시험은 진행되어야 했다.

"종자배 나한승들은 들어라."

"압!"

쿵!

무승들 중에서 백여 명이 넘는 나한승이 곤봉으로 땅을 내려치며 기합을 질렀다.

소림에 있어서 굉, 원, 종, 혜, 공, 무 여섯 항렬 중에서 십계를 제외하고는 현역에 있어 최고의 무승이라 불리는 종자배

나한승들이었다.

숭산 전체를 울릴 만큼 그 기합과 기세가 남달랐다.

"소림 백팔나한진을 펼쳐라!"

"와아아아아아!"

우르르르!

원각 대사의 명이 떨어짐과 동시에 백팔 명에 이르는 나한승이 일제히 무승들 사이에서 튀어나와 순식간에 진경의 주위를 둘러싸며 대오를 갖췄다.

단지 진법의 기초인 위치를 선점했을 뿐인데 벌써부터 백팔나한진의 내부가 터질 듯한 진기로 팽배해졌다.

백팔나한진(百八羅漢陣).

그것은 소림이 생겨난 이래 공식적으로 단 한 번도 패배한 적이 없는 무적의 진법이었다.

시험은 바로 그 백팔나한진이었다.

'역시 백팔나한진인가?'

동검귀 진경 역시도 어느 정도 예상은 했는지 놀란 기색을 보이진 않았다.

소림에서 현경의 고수인 자신을 상대하기 위해서 펼칠 수 있는 최후의 수단이다.

비록 진경이 중원무림의 실정을 잘 알지 못한다고 해도 소림의 명성과 백팔나한진에 관한 소문은 들어 익히 알고 있었다.

"익히 알고 있겠지만 본사의 시험은 바로 백팔나한진이오."

"와아아아아아!"

원각 대사의 말에 좌중의 무승들이 함성을 내질렀다.

소림에서도 훈련 때가 아니면 보기 힘든 백팔나한진의 위용을 보게 되었기 때문이다.

더군다나 상대는 오황 중의 일인인 동검귀였다.

무공을 익히는 무인들에게는 흥미진진할 수밖에 없는 대결이다.

"시주가 이 백팔나한진을 파훼한다면 본사에서는 군말 없이 녹옥불장을 빌려주도록 하겠소. 하나 그대가 패배한다면 그 대가로 본사 뒷산의 묵거처에서 구 년간 면벽좌선을 하게 될 것이오. 받아들이겠소?"

묵거처는 소림사 뒷산에 있는 동굴로 소림사에 온 중원 선종(禪宗)의 초조인 보리달마 대사가 면벽좌선을 했다고 알려진 장소였다.

그곳에서 도를 깨달은 달마 대사는 설법을 하고 제자인 혜가(慧可)에게 도를 전했다.

이것이 유래가 되어 소림에서는 득도를 위해서 묵거처에서 면벽좌선을 하게 되었는데, 아무리 불도가 높은 고승이라도 힘들어하는 고행이었다.

소림의 시험에서 실패했을 경우의 대가를 말하는 것은 대결에 임하기 전에 다시 한 번 포기할 것을 종용한 것이다.

'백팔나한진에 대한 자신감이 넘치는군. 하지만 척가의 무공 역시도 천하무적이다.'

비록 얼마 전에 천마와의 싸움에서 이기어검으로 펼친 십방검법은 패배했지만 그것은 자신이 창안한 검법이었다.

아직 그에게는 동쪽에서 무적이라 불리던 척가의 무공인 곡산검공이 있었다.

"받아들이겠소. 소림의 명예를 걸고 약속을 지키길 바라오."

슈우우욱! 채채채챙!

진경의 주변을 회전하던 열 자루의 보검이 돌아와 철갑 안으로 들어갔다.

그가 쥐고 있는 단 한 자루는 열 자루의 보검 중 선대 척윤공이 쓰던 보검이었다.

열 자루의 보검이 허공에서 위용을 자랑했다면 한 자루의 보검을 쥐었을 때의 진경의 모습은 마치 비장한 장수를 보는 듯했다.

'…쉽지 않겠구나.'

"아미타불."

원각 대사가 고개를 흔들며 합장과 함께 염불을 외웠다.

진경이 백팔나한진을 펼치고 있는 나한승들을 향해 손짓하며 도발적으로 외쳤다.

"전부 덤비시오!"

"백팔나한진 개(開)!"

원각 대사가 장엄한 목소리로 공력을 실어 외쳤다.

그 순간 백팔나한진 나한승들의 곤봉이 동시에 땅을 내려치며 진경을 향해 쇄도해 왔다.

하남성 북단에 자리한 무림맹.

무림맹의 한가운데에는 검문이 자리하고 있었다.

그런 검문의 주위로 수백 명에 이르는 무사가 둘러싸고 있고, 검문을 지키는 정예 무사들이 그 앞에서 대치하고 있었다.

검문을 둘러싸고 있는 수백 명의 무사는 검문 직계 무사들이 아닌 검문 산하에 속하는 검하칠위가 이끄는 무사들이었다.

검문을 둘러싼 이들이 농성하는 것처럼 무언가를 외쳤다.

그들이 외치는 것은 다름 아닌 검황을 호출하는 구호였다.

"검황께서는 존안을 보이시오!"

"보이시오!"

몇 달째 보이지 않는 검황의 모습.

이미 중원무림 전체로 그가 중독되었다는 소문은 퍼질 대로 퍼져 있었다.

회생하기 힘들 정도로 중독되어 더 이상 현역으로 나서기 힘들지도 모른다는 소문마저 돌고 있었고, 정기적인 무림맹 회의조차도 운영되지 않고 있었다.

"벌써 이틀째 이곳에서 농성 중인데도 모습을 드러내지 않는 것으로 보아 확실한 모양이오."

농성 중인 무사들의 뒤편에는 의자에 앉아 지켜보는 두 명의 사내와 한 명의 여인이 있었다.

그들은 검문 산하에서 최강의 무인이라 불리는 검하칠위였다.

검하칠위에서 두 번째 서열인 파월도제 순휘, 그리고 다섯 번째 서열에 해당하는 칠성권왕 모유웅, 여섯 번째 서열인 금란벽수 서문란이었다.

한 명 한 명이 검문 산하에 있지 않다면 한 지역의 패자가 되어도 모자람이 없는 위인들이었다.

실제로도 말석에 해당하는 염사곤을 제외한다면 검하칠위의 대다수는 각자의 세력과 기반을 갖추고 있었고, 능히 대문파와 견줄 정도로 그 위세를 자랑하기도 했다.

어제 오후부터 검하칠위에 해당하는 세 명이 이곳에 모인 이유는 단 하나였다.

대제자인 종현이 서역의 백타산을 토벌하러 가는 도중에

서독황에게 부상을 입고 중독된 사실은 모두가 알고 있었다.

그들이 원하는 것은 확실하게 검황의 부재를 확인하기 위함이었다.

“검문 내에 석 공자께서 있는 것은 맞나요?”

서문란의 질문에 답변한 것은 파월도제 순휘였다.

“몇 달 전부터 검문의 본 단에 들어간 이후로 한 번도 모습을 드러낸 적이 없다고 하니 그것은 확실할 것이오.”

“이렇게 농성 중인데도 여전히 모습을 드러내지 않는 것을 보면 확실하군요.”

“가진 것이 머리뿐인데 쉽게 모습을 드러내겠소? 중원에서 최고의 무공을 익힌 무인이라는 작자가 방에 틀어박혀 내내 쥐새끼처럼 궁리만 하니 말이오. 하하하하핫!”

호전적인 성격의 무인인 칠성권왕 모유웅은 평소에도 무림맹에서 군사직을 맡고 있는 석금명을 마음에 들어 하지 않는 위인이었다.

“정말로 그분이 더 이상 쾌차하기 힘들다면 이공자에게 맹 전체를 맡길 수 없는 노릇이오.”

“군사는 그저 군사일 뿐이니까요.”

아무리 무림맹의 전략과 운영을 맡고 있는 군사 석금명이 멀쩡히 있다고는 하나, 검문의 수장인 검황과 그 대제자인 종현이 없다면 지휘 체계는 유명무실하다고 해도 과언이 아니었다.

"굳이 시간을 끌 필요가 있겠소이까?"

우드드득!

칠성권왕 모유웅이 몸이 근질근질하다는 듯이 목을 돌리며 몸을 풀었다.

이렇게 농성 중인데도 모습을 드러내지 않는다는 것은 검황이 거동이 힘들 정도로 위독한 상태임을 뜻했다.

"모 대협의 말이 맞습니다. 순 대협께서 무림맹의 혼란이 잦아들기 전에 바로잡아야 합니다."

모유웅의 말에 동의하는지 서문란이 말을 거들었다.

이들이 맹 내 검문의 영역까지 무사들을 이끌고 온 이유는 단 하나였다.

검황의 위독함이 확인되는 순간 검문을 축출하고 무림맹을 복속시키기 위해서였다.

"검황은 존안을 보이시오!"

"보이시오!"

검문의 본 단 앞에서 농성을 벌이고 있는 무사들은 전부 그들의 정예 부대였다.

무림맹 내로는 어떠한 문파도 백 명 이내로만 입맹할 수 있었다.

단, 검문의 산하 세력인 검하칠위는 예외적으로 무림맹 내로 각자가 이백 명 내의 호위단을 데리고 들어올 수 있었다.

이들 각자가 시간 차를 두고 호위를 데리고 입맹한 것은 이를 노린 것이었다.

무림맹 내에서 검문의 본 단을 지키는 정예 무사는 오백 명이다. 적어도 빠르게 검문을 정리하려면 오백 명 이상의 무사가 필요했다.

지금 그들은 육백 명의 무사와 화경의 고수가 세 명이다.

충분히 검문을 정리하고 무림맹을 빼앗을 수 있을 만큼의 세력은 갖춘 셈이다.

문제는 네 방위를 맡고 있는 무사들이었다.

"네 방위의 성문을 지키는 무사들은 움직임이 없소?"

"네 방위를 맡은 무사들은 검황이나 군사의 명이 있기 전까지는 병력 이동을 할 수 없으니 괜찮을 겁니다. 물론 이곳에서 전쟁이 벌어지면 곧바로 움직이겠지만."

"흐음……."

다행스러운 점은 무림맹의 규모가 워낙 컸고 네 방위를 지키는 이천 명에 이르는 검문의 무사들은 여전히 대기 상태라는 점이었다.

빠르게 검문을 정리한다면 머리를 잃게 된 나머지 이천 명도 결국 무릎을 꿇을 수밖에 없으리라.

"이제 거사를 치러도 되지 않겠소, 순 대협."

다급한 성정의 칠성권황 모유웅은 서둘러 거사를 치르고

싶었다.

그것은 서문란 역시도 마찬가지였다.

"맞습니다. 벌써 하루가 지났기에 더 지체하면 네 방위를 맡은 무사들도 이상한 낌새를 눈치챌 겁니다. 결정하시지요."

이들 세 명에게 있어서 지휘권은 검하칠위 두 번째 서열인 파월도제 순휘에게 있었다.

순휘가 결정을 내리면 이들은 당장 검문의 본 단으로 진격할 것이다.

하지만 이들 중에서 가장 신중한 그였기에 쉽사리 결정을 내리지 못했다.

"아직 문겸이 도착하지 않았어. 그가 약선 그 늙은이의 수급을 가져올 때까지는 신중할 필요가 있네."

검하칠위에서 세 번째 서열인 염봉왕 막문겸.

그는 중원에서 봉술로는 누구도 대적할 자가 없다고 알려진 고수였다.

이로써 검하칠위의 네 명이 한통속이라는 것이 드러났다.

"어차피 그들이 맹으로 금일 정오쯤에 도착하리란 전보를 받지 않았나요? 그렇다면 지금쯤 막 대협은 안양 초입에서 염사곤을 상대하고 있을 거예요. 아마도 곧 설유라와 약선의 수급까지 들고 올 겁니다."

놀라운 말이 아닐 수 없었다.

그들은 이미 설유라가 약선을 데리고 무림맹으로 오고 있음을 파악하고 있었다.

한번 검문을 벗어나기로 마음먹은 그들은 철저하게 모든 준비를 마쳤다.

약선까지 없애서 검황이 기사회생을 할 수 있는 일말의 가능성마저도 차단시킬 작정인 것이다.

"하나 염사곤 그자가 그리 쉬운 작자가 아닌데."

파월도제 순휘의 걱정은 타당했다.

염사곤이 비록 검하칠위에서 말석을 차지하고 있으나, 그 무위는 다른 여섯 명에게 그리 밀리지 않았다.

"참으로 걱정도 많으시오, 순 대협. 염사곤 녀석이 아무리 날고 기어도 막 대협에게는 철호대가 있잖습니까?"

철호대는 막문겸을 수호하는 정예 부대였다.

검하칠위의 상위 서열 세 명에게는 검황이 그들에게 충성의 대가로 내린 금룡대, 은현대, 철호대가 있었다.

이들 중 철호대를 막문겸이 받게 되었는데, 그들은 검황이 친히 검문의 호신 무공을 전수한 부대로 어지간한 중소문파는 하루 만에 전멸시킬 정도의 전력을 갖추고 있었다.

철호대는 검황이 무림 정벌을 천명했을 당시 사파 연맹을 두려움에 떨게 만든 부대였다.

"아무리 놈이라도 막문겸과 철호대를 혼자 상대하기는 벅

찰 것이오."

모유웅의 말에 그 부분은 납득이 가는지 파월도제 순휘가 고개를 끄덕였다.

하지만 이상했다.

'왜지? 가슴이 뛰는 것이 불안하다.'

변수가 없도록 모든 것을 계산해서 완벽하게 준비했다.

그런데 거사를 치르기로 결의한 어젯밤에도 괜찮던 그의 심경이 정오를 기점으로 불안해지기 시작했다.

"그럼 계획대로 거사를 행하겠습니까?"

서문란의 말에 잠시 망설이던 순휘가 결국 결정을 내렸다.

그가 고개를 끄덕이자 모유웅과 서문란이 동시에 자리에서 일어났다.

그 순간 그들이 예측하지 못한 일이 벌어졌다.

다다다다닥!

그들의 수하로 보이는 무사 한 명이 다급히 달려와 급보를 알렸다.

"크, 큰일입니다!"

"무슨 일이냐?"

"지금 남문을 지키는 병력이 이곳으로 진군해 오고 있습니다!"

"뭐, 뭐야? 그럴 리가 없을 텐데?"

모유웅이 당혹감이 넘치는 목소리로 반문했다.

어제부터 검문을 물샐틈없이 둘러싸고 바깥으로 어떠한 전보도 보내지 못하도록 막았다.

그런데 검황의 명도 없이 남문을 지키는 병력이 이곳으로 향하고 있다니 이해할 수 없었다.

"어찌 이런……."

남문의 병력까지는 지금 그들의 전력으로 막을 수 있다지만 싸움이 벌어진다면 그 순간 검문의 전 병력이 몰려올 것이다. 그렇게 되면 그들의 거사는 수습하기 힘들어진다.

"이렇게 되면 어쩔 도리가 없습니다! 지금 당장 검문의 본단을 쳐야 합니다!"

서문란이 다급하게 순휘에게 말했다.

예상치 못한 상황에 잠시 당황해하던 순휘가 마음을 다잡았다.

그가 등에 메고 있던 검은 도집에서 초승달을 보는 듯한 거대한 도를 뽑았다.

챙!

팽가 도왕과 더불어 도로는 양대 고수로 이름을 날리게 해 준 그의 파월도였다.

도를 뽑은 순휘가 농성 중인 무사들을 향해 외쳤다.

"무림의 혼란을 막기 위해 거사에 동참한 무사들이여! 맹의 실권을 쥐고 위독한 검황을 숨기고 있는 석금명과 저 무리를 베고 맹을 구해내자!"

"와아아아아아아!"

순휘의 명분이 뚜렷한 큰 외침에 무사들이 찢어질 듯한 함성을 지르며 검문 앞을 지키고 있는 무사들을 향해 달려들었다.

검문을 지키는 정예 무사들의 대장인 금무군 역시 지지 않고 외쳤다.

"모반을 꾀하려는 역적들에게서 검문을 지켜라!"

"와아아아아아!"

현 무림에서 가장 강할지도 모를 양대 세력이 부딪치며 검문 본 단의 입구가 순식간에 아수라장이 되었다.

무기 부딪치는 쇳소리가 사방으로 울려 퍼졌다.

검황의 부재로 인해서 석금명이 우려하던 최악의 사태가 결국 벌어지고 만 것이다.

"이제 시작되었군요. 그럼 저희도 나서볼까요?"

이미 앞장서서 달려든 모유웅을 바라보며 서문란이 옆에서 있는 순휘에게 말했다.

그가 고개를 끄덕이며 싸움터로 향하려 하는 찰나였다.

흠칫!

"헛?"

살을 파고들 것만 같은 날카로운 예기.

태양을 집어삼킬 듯한 거대한 위압감이 사방을 짓눌렀다.

서로를 죽일 듯이 싸워대던 양측의 무사들이 한순간 싸움을 멈추고 몸을 낮췄다.

그들은 하나같이 두려움이 가득한 눈빛으로 몸을 움직이지 못했다.

"이런… 젠장!"

싸움의 한복판에서 신명나게 싸우던 모유웅조차도 움직임을 멈춘 채 식은땀으로 얼굴이 젖어 있었다.

누구보다도 그는 이 위압감이 가지는 의미를 잘 알고 있었다.

상상을 초월하는 엄청난 기세로 위압감을 내뿜는 존재는 검문의 본 단 건물의 맨 꼭대기에서 느껴졌다.

"크윽!"

하지만 고개를 들어서 똑바로 쳐다볼 수조차 없었다.

무사들은 어느새 바닥까지 몸을 낮춘 채 거친 호흡을 내뱉고 있었다.

파월도제 순휘가 입술을 질끈 깨물며 입을 열었다.

"거, 검황!"

무위로도 마음으로도 그 커다란 벽을 넘어본 적이 없었다.

눈을 아무리 굴려보아도 이 상황에서 어찌해야 할지 당혹스럽기만 했다.

그런 그들의 귀로 뚜렷한 목소리가 들려왔다.

"검하칠위."

"크으윽!"

전율적인 공력이 실린 목소리에 귀가 찢어질 것만 같았다.

화경의 심후한 내공이 없었다면 고막이 나갔을지도 모른다.

하지만 다른 이들은 아니었다.

"으아아아악!"

"내 귀! 내 귀가!"

그들이 데리고 온 무사들의 귓구멍에서 피가 흘러나오고 있었다.

신기한 것은 검문의 정예 무사들은 이 전율적인 공력의 여파를 받지 않은 듯 멀뚱한 눈으로 바닥을 뒹구는 무사들을 바라보고 있었다.

"검하칠위!"

"크흑!"

좀 더 강한 공력이 담긴 목소리에 결국 세 명의 검하칠위는 무릎을 꿇어야 했다.

쿵!

바닥에 무릎을 꿇은 파월도제 순휘가 들끓는 속을 가라앉히며 겨우겨우 입을 열었다.

“거, 검하칠위의 이석 순휘가 주군이신 검황을 배알합니다!”
뒤를 이어 다른 두 명도 외쳤다.
“검하칠위의 오석 모유웅이 주군을 배알합니다!”
“검하칠위의 육석 서문란이 주군을 배알합니다!”
그들의 말이 끝남과 동시에 파월도제 순휘의 앞으로 위압적인 기운을 내뿜는, 백발 백염에 강렬한 인상을 가진 노인이 가볍게 내려왔다.
그는 검문의 문주이자 오황 중 북무림의 절대자, 그리고 현 무림에서 가장 정점에 가까운 남자 검황이었다.

검문 본 단의 사층 창문에서 아래를 내려다보는 사내가 있다.
그는 검황의 이제자이자 무림맹에서 군사직을 맡고 있는 석금명이었다.
여전히 건재한 모습으로 모반을 일으키는 그들의 한가운데로 뛰어내린 검황을 바라보는 그의 눈빛은 묘하기 짝이 없었다.
‘역시였던가.’
아직까지 약선이 도착하지 않았으나 검황은 스스로 몸을 일으켜 세웠다.
독에 중독되어 몇 달 동안 검문과 무림맹을 방치한 장본인이 그였다.

그런 그가 어떻게 독을 극복할 수 있었을까?

'피독주만으로 서독황의 독을 극복했다? 아니야. 그런 단순한 일이 아니다.'

석금명은 중원에서 다섯 손가락에 들 만큼 머리가 좋은 남자였다.

대사형인 종현이 중독되어 그를 치료하는 과정에서 중독된 검황을 지키기 위해 본 단의 사층에서 몇 달 동안을 지내며 그는 많은 생각을 했다.

'사부님이 정말로 중독된 것일까?'

물론 서독황이 정말 최강의 독을 개발했다면 그럴 수도 있었다.

하지만 최강의 독을 만든 자가 그저 기습을 해서 대사형을 중독시키고 그 여파만을 노렸다고 하기에는 이상했다.

현경의 고수마저 중독되게 만들 정도의 독이라면 오황의 칭호를 가진 만큼 무림 제패를 노려도 모자람이 없는 위인이 서독황이 아닌가.

'현경의 고수가 독에 쉽게 중독되는 것도 이상하다.'

현경의 경지에 오른다면 육신이 재구성되어 만독불침에 이르게 된다.

화경의 경지에 오르면서 내공의 순환이 자유로운 육신으로 재구성되는 과정을 거친다면 현경의 경지는 인간의 육신을 모든 면에서 완벽에 가깝게 만들어준다.

그런 검황이 독을 치료하는 도중에 중독되었다고 하는 것은 허술하기 짝이 없다.

'그렇다면 목적은 그것이었나.'

그의 사고는 검황이 중독되고 나서의 상황들을 그려갔다.

무림사가 아니더라도 전국시대를 생각하면 진(秦)이 통일을 하고 그 중심에 있던 시황제의 사후 중원은 다시 혼란에 빠졌다.

검황이 중독되었을 때 가장 움직임이 빠른 것은 절대 외부의 적이 아니었다.

내부에서 기회를 노리고 있던 이들이 움직였다.

그 결과가 바로 지금 검문 본 단 앞에서 벌어진 사태였다.

정보망을 풀어서 주시하고 있었지만 설마 검문의 산하에 있는 최강의 무인들인 검하칠위에서 네 명이나 배반할 거라고는 그 역시도 예상하지 못했다.

'혹시나 하는 마음에 끝까지 마음을 놓지 않고 있던 것이 도움이 되었나.'

석금명은 검문 본 단의 사층에서 지내는 내내 한 번도 긴장의 끈을 놓지 않았다.

수많은 상황을 상정하는 군사의 입장에서 검황이 중독되지 않았다는 가정은 그를 항상 긴장케 만들었다.

'역시 사부님은 쉬운 존재가 아니다.'

새삼 검황이 두렵게 느껴지는 그였다.

한편 검황의 압도적인 등장에 검하칠위 세 명은 두려움으로 고개를 들지 못했다.

몇 달 동안이나 상황의 추이를 지켜보며 검황이 중독된 것이 확실하다고 판단될 때까지 기다려 온 그들이다.

'빌어먹을, 이걸 노린 것이었나?'

검황의 모든 것을 파악했다고 생각한 것은 착각에 불과했다.

그들은 검황의 손바닥 안에서 놀아난 것이었다.

"순휘야."

화들짝!

내심 분해하고 있던 파월도제 순휘가 놀라서 고개를 들 뻔했다.

하지만 이내 놀란 가슴을 가다듬고 답했다.

"부, 부르셨습니까, 주군?"

"전선에 있어야 할 네가 어째서 이곳에 있는 것이냐?"

이들 세 명은 백타산 정벌대에 나섰던 이들이다.

정벌대의 대장인 대제자 종현이 독에 중독되면서 검하칠위 세 명은 곤륜에서 대기하라고 명을 내린 검황이다.

그런 그들이 전부 이곳에 있는 것이 검황의 심기를 어지럽

혔다.

검황이 인상을 찡그린 것만으로 그들을 압박하고 있던 기운이 더욱 커졌다.

"크윽……."

화경의 고수인 순휘조차도 버티기 힘들 정도였다.

입안에서 핏물이 올라왔지만 삼키며 버티는 것도 한계에 도달했다.

"쿨럭!"

결국 입 밖으로 선혈을 흘리고 만 그였다.

"주, 주군!"

압박하는 기운을 계속해서 내보내니 그것을 막는 것만으로도 벅찼다.

검황의 분노는 그만큼 가벼운 것이 아니었다.

백발의 지긋한 나이와 다르게 그 강렬한 인상과 잘 발달된 상체는 여전히 그가 최고의 무인임을 부정할 수 없게 만들었다.

'망할 늙은이, 나이가 먹을수록 약해지는 것이 아니라 더욱 강해진다.'

무릎을 꿇고 있는 칠성권왕 모유웅은 개탄스러울 지경이었다.

단지 기운을 내뿜는 것만으로도 전의를 상실하게 만드는

검황의 힘에 검하칠위는 누구도 도전해 볼 의지조차 가지지 못했다.

'어떻게든 변명을 해야 한다.'

순휘의 머릿속이 수많은 생각으로 복잡해졌다.

다행스러운 것은 명분을 중요시한 그였기에 검문을 치기 전에 검황을 위한 대의임을 밝혔다.

'문제는 다른 데 있다.'

여기서 어떻게든 변명을 해서 잠시 상황을 모면한다고 해도 만약에 막문겸이 설유라와 약선 등의 수급을 들고 오게 된다면 모든 것이 허사로 돌아간다.

그러던 와중이다.

"와아아아아아!"

검문의 남쪽 방향에서 수많은 무사가 몰려왔다.

오백 명의 무사가 몰려오면서 도합 천 명에 이르는 검문의 무사들이 포진한 상황이다.

세 검하칠위의 얼굴이 절망으로 물들었다.

'끝이구나.'

이로써 그들이 모반을 성공할 가능성은 완전히 사라져 버렸다.

검하칠위가 전부 힘을 합쳐도 이길 가능성이 전무한 검황을 어찌한단 말인가.

"사부님!"

그때 남문에서 몰려온 무사들의 틈바구니 속에서 누군가가 모습을 드러냈다.

그녀는 다름 아닌 검황의 삼제자인 설유라였다.

감격에 가까운 반가움을 보이며 달려오는 모습에 신장과도 같이 엄한 표정을 짓고 있던 검황의 얼굴이 한결 누그러졌다.

"유라야."

"아! 흠, 흠."

사부인 검황이 무사한 것을 확인한 그녀는 자신도 모르게 평소처럼 검황을 향해 달려갈 뻔하다 이목이 많은 것을 의식하고는 예를 표했다.

"검문의 삼제자인 설유라가 사부님을 뵙습니다."

아끼는 애제자를 자랑스러운 눈으로 바라보던 검황의 눈빛이 이채를 띠었다.

고개를 숙이는 그녀의 양손에 푸른 검집과 붉게 물든 보자기가 들려 있는 것이다.

'어째서 그녀가 이곳에 온 거지?'

순휘의 두 눈이 흔들렸다.

분명 염봉왕 막문겸이 철호대를 이끌고 안양 초입을 지키고 있을 터였다.

검황이 건재하기 때문에 막문겸이 설유라와 그 일행의 수급을 들고 오면 더 이상 수습이 힘들 거라 여긴 그였다.

그런데 그녀가 무사히 돌아오자 의아해졌다.

"그것이 무엇이더냐?"

"아, 사부님께 보고드릴 것이 있습니다."

검황의 질문에 설유라가 들고 있던 붉은 보자기를 풀어 무언가를 꺼내 들었다.

뚝뚝!

그것은 다름 아닌 죽은 사람의 수급이었다.

아직 죽은 지 얼마 되지 않았는지 잘린 목에서 진득한 피가 흘러내렸다.

"막문겸?"

의아해하는 검황의 목소리에 나머지 검하칠위의 얼굴이 하얗게 질렸다.

수급의 주인은 다름 아닌 염봉왕 막문겸이었다.

다름 사람도 아니고 검하칠위에서 삼석을 맡고 있는 염봉왕 막문겸이었다.

중원무림에서 열 손가락 안에 드는 고수인 그가 수급으로 돌아왔으니 검하칠위가 어이없어하는 것은 당연했다.

불과 한 시진 전의 일이다.

상해에서 사마영천과 헤어진 그녀는 일행을 이끌고 검문이 있는 하남성으로 향했다.

함께 해주리라 여긴 사마영천은 또다시 뒤도 돌아보지 않고 자신의 갈 길을 가버렸다.

하지만 그녀에게 지금 당장 중요한 것은 검황의 안위와 치료였다.

부지런히 북상한 그들은 어느새 하남에 들어섰고, 무림맹이 코앞인 안양에 들어서고 있었다.

'흐음.'

그녀는 올라가는 내내 약선의 옆에 있는 면사포의 여인이 마음에 걸렸다.

안휘에서 중간에 합류한 그녀는 사마영천의 수하라고 하였다.

검문에서 검황의 치료가 끝나는 대로 약선을 사마영천에게로 모시고 가기 위해 왔다는 그녀였다.

약연이라고 한 이 여인은 한시도 약선의 주위에서 벗어나지 않고 그를 모셨는데, 왠지 모르게 그녀가 거슬리는 설유라였다.

'사마 공자가 저런 여인을 수하로 두다니 이상하구나.'

여자의 감이라는 것은 무서울 정도로 정확할 때가 있다.

약연에게서 풍겨오는 짙고 그윽한 향은 보통 여자들이 아닌 기루에서나 쓰일 법한 분 냄새였다.

그녀의 몸짓이나 행동을 유심히 지켜보니 일반 여성과 달랐다.

심지어 염사곤이나 약선조차도 그녀의 고운 자태와 유혹적인 행동에 한 번씩 얼굴을 붉히는 것이 설유라를 더욱 확신하게 만들었다.

'뭐 하고 다녔기에 저런 여자를 보낸 거야.'

괜히 화가 나기까지 하는 그녀였다.

더욱 열이 받는 것은 다른 이들에게는 조곤조곤 부드럽게 얘기하는 약연이 이상할 정도로 설유라에게는 묘한 적대감을 보였다.

"그건 설 소저가 알아서 하시죠."

"제가 대답할 의무가 없는 것 같군요."

"저는 사마 공자의 명만을 따를 뿐입니다."

설유라가 무언가 말을 걸거나 질문을 하면 돌아오는 대답이 이랬다.

검문으로 돌아가는 그녀의 마음이 괜한 짜증으로 가득해졌다.

마음 같아서는 약연을 돌려보내고 싶었지만 약선을 양보받은 입장이었기 때문에 그럴 수도 없었다.

그렇게 복잡한 심경 속에 안양의 초입에 도달했다.

"쿠쿠쿡, 아가씨께서 고생하신 덕분에 주군께서도 금방 쾌차하실 겁니다."

경망스러운 웃음소리였지만 진심이 담겨 있는 말이었다.

"염 대협……."

기운이 빠져 있는 그녀를 그나마 북돋게 해준 것은 염사곤의 위로였다.

검황의 제자 중에서 가장 늦게 들어온 만큼 어린 그녀였다. 나이 많은 스승과 사형들 사이에서 대부와도 같은 역할을 해준 이들이 검하칠위였다.

"…덕분에 그래도 기운이 좀 나네요."

그녀의 고운 얼굴에 미소가 지어지자 염사곤이 방긋 웃었다.

그런 찰나였다.

웃고 있던 염사곤이 갑자기 인상을 찡그렸다.

"아가씨, 뒤로 물러나십시오."

갑작스러운 그의 말에 설유라가 영문을 모르겠다는 표정으로 일단 뒤로 물러섰다.

이 산만 넘어서면 곧 안양의 입구였다.

"사람을 바보로 아는 것이더냐? 당장 모습을 드러내라!"

염사곤이 인기척조차 느끼기 힘든 우거진 숲을 바라보며 외쳤다.

잠시 아무 소리도 없던 수풀에서 바스락거리는 소리가 들리더니 이내 그것이 커지며 호랑이 문양이 그려진 철갑을 입은 수많은 무사들이 모습을 드러냈다.

"이건……."

검하칠위의 일인인 염사곤이 익히 알고 있는 철갑이었다.

"철호대?"

호랑이 문양이 그려진 철갑은 오직 무림에서 철호대만이 가진 특징이었다.

무림 정벌을 하면서 검하칠위는 서로의 전력을 어느 정도 파악하고 있었다.

더군다나 검문 산하에서 최강을 자랑하는 세 부대 중의 하나인 철호대는 무림에서도 그 명성이 높아 모르는 이가 드물 정도였다.

'철호대가 있다는 것은…….'

그 부대주인 막문겸이 없을 리가 없었다.

기척을 느끼기 위해 집중하던 염사곤이 한 곳을 노려보며 소리쳤다.

"막문겸 자네인가?"

이윽고 수풀 사이로 누군가가 걸어나왔다.

붉은 봉을 들고 있고 잘 정리한 수염을 가진 중년의 사내였다.

그는 무림에서 봉으로는 당할 자가 없다고 명성이 자자한 염봉왕 막문겸이었다.

"막 대협?"

막문겸의 등장에 설유라의 얼굴이 굳어졌다.

그녀도 바보가 아닌 이상 이들이 호의를 가지고 나타났을 리가 없다는 것은 알 수 있었다.

완전 무장을 한 철호대는 오직 전투만을 위한 부대였다.

그들에게서 풍겨오는 투기는 아무리 봐도 자신들을 향해 있었다.

"막 대협, 어째서 철호대를 이끌고 이곳에 온 거죠?"

막문겸이 이끄는 철호대는 오직 검황의 명령에만 움직인다.

그런데 검황이 중독되어 움직일 수 없는 상황인데 그들이 이곳에 왔다는 것에 추측할 수 있는 것은 단 하나였다.

"아가씨, 송구스럽게 되었소이다. 아가씨와 일행은 검문으로 살아서 들어갈 수 없소."

막문겸은 어떠한 변명도 하지 않았다.

어느새 들고 있는 봉 끝에 살기를 집중해 그들에게로 겨누고 있었다.

47장

철호대

살기가 가득한 봉을 바라보는 염사곤의 눈빛이 싸늘해졌다.

주군인 검황의 제자인 설유라에게 살기를 보인다는 것은 검황과 등지기로 결심했다는 의미이다.

비록 자신 역시도 검황에게 패배하여 그의 산하로 들어갔지만 사내로서 한번 충성 맹세를 했다면 이를 지켜야 한다는 것이 신조였다.

"막문겸 네놈이 진정으로 미쳤구나! 지금 주군을 배반할 참이더냐!"

염사곤의 분노가 섞인 일갈에도 막문겸은 아무런 흔들림이 없었다.

애초부터 그에겐 검황에 대한 일말의 충성심도 없었다.

단지 패배했기 때문에 따르는 것이었고, 그 벽이 지금 무너지는 마당에 애써 의리를 지킬 필요는 없다는 것이 그의 의지였다.

"그분이 살아 있을 때라면 모르나 곧 죽을 자를 따를 필요는 없지 않나?"

"곧 죽어? 그게 무슨 말이죠?"

설유라가 당황스러운 목소리로 물었다.

이 산만 넘으면 곧 무림맹이다.

약선이라면 서독황의 독을 충분히 해독할 수 있는데 막문겸의 말은 대체 무슨 의미일까.

"설마 그분을 등지는 것이 나 혼자라고 생각하는 것이오?"

막문겸의 의미심장한 말에 설유라의 표정이 딱딱하게 굳었다.

약선을 찾기 위해 중원을 돌아다니기 전 이사형 석금명이 한 말이 떠올랐다.

"사매와 나를 제외하곤 누구도 믿을 수 없어. 검하칠위라면 더더욱."

그때는 그 말이 크게 와닿지 않았다.

어릴 적부터 봐온 그들이기에 설유라가 받아들이기 힘든 현실이었다.

막문겸이 붉은 봉을 휘두르면 불꽃이 타오르는 모습과도 같다고 하여 무림에서는 염봉(炎棒)이라고 불렀다.

'후우, 난감하구나.'

막문겸의 배신에 분노하는 염사곤이었지만 한편으로 냉정하게 상황을 살폈다.

검하칠위는 일, 이석을 제외하면 실력에는 큰 차이가 없다.

문제는 그들을 포진하고 있는 철호대였다.

'아가씨와 저 애송이가 버틸 수 있을까?'

가장 걱정되는 것은 설유라였지만 그 외 모용월야와 약선, 약연 등이 철호대의 공격을 버틸 수 있을지가 관건이었다.

적어도 막문겸을 쓰러뜨리기 위해서는 수백 초식을 겨뤄야 할지도 모른다.

그런 염사곤에게 막문겸이 선심 쓰듯 말했다.

"그래도 옛정을 봐서 순순히 항복한다면 고통스럽진 않게 보내주겠네."

"네놈이 감히!"

냉정하게 상황을 계산하던 염사곤은 결국 화를 이기지 못했다.
막문겸의 도발과도 같은 말에 염사곤의 신형이 순식간에 그에게로 쇄도했다.
폭풍처럼 몰아치는 퇴법에 막문겸의 봉이 풍차처럼 회전했다.
파파파파파팍!
첫 일수는 용호상박이었다.
두 양대 고수는 같은 검하칠위로 활동하면서 서로에 대해서 너무나 잘 알고 있었다.
폭풍과도 같은 퇴법을 물샐틈없는 봉법으로 막아냈다.
일 초식을 겨룬 두 사람은 상의를 한 것도 아닌데 동시에 거리를 벌렸다.
'역시인가?'
막문겸의 표정이 밝지 못했다.
검하칠위에서 말석의 위치에 있지만 그 무위로는 이석, 삼석과 큰 차이가 없다는 얘기를 늘 들어왔다.
하지만 직접 손속을 겨루고 나니 확실했다.
마찬가지로 염사곤 역시도 곤란함을 감출 수가 없었다.
'수련을 게을리 하지 않았는데 아직 멀었구나.'
검하칠위 중에서 유일하게 세력을 가지지 않고 무공과 실전 임무에 매진한 그였다.

그런데도 막문겸과 실력에서 차이가 없다면 승부를 장담하기 힘들었다.

막문겸이 대기하고 있는 철호대를 향해 소리쳤다.

"철호대! 내가 염사곤의 목을 따는 동안 너희들은 나머지 수급을 거둬라!"

"충!"

그의 명령이 떨어짐과 동시에 철호대가 움직였다.

이에 가만히 상황을 주시하고 있던 모용월야가 불만스러운 듯이 중얼거렸다.

"제기랄, 하루도 평안한 날이 없네."

본의 아니게 계속해서 설유라와 동행하면서 겪는 일들은 늘 생사의 위기였다.

목숨이 몇 개여도 모자랄 상황을 계속 겪다 보니 무감각해질 지경이다.

철호대가 달려드는 순간 모용월야가 먼저 검을 뽑고 달려들었다.

"애송이가 감히!"

철호대는 자신들을 향해 검을 날리는 모용월야를 비웃었다.

그러나 모용월야는 처음 무림으로 출도했을 때의 그가 아니었다.

수많은 위기를 겪고 목숨이 경각에 달하는 일이 있는 뒤로 무공이 굉장히 진일보한 상태였다.

좌좌좌좌좌!

"크헉!"

"끄아아악!"

순식간에 맨 앞줄에 있던 철호대 두 명이 모용월야의 검에 베였다.

그동안 수많은 절대 고수들과 강시를 비롯한 위기 속에서 빛을 발휘하지 못했는데 모용세가의 천재라 불리던 그의 진가가 드러났다.

"이놈, 그저 애송이가 아니구나!"

"단체로 덤비는 주제에 헛소리 집어치우고 덤벼!"

"이놈이!"

수적으로 훨씬 우세한 철호대의 눈빛이 바뀌었다.

검황이 호신 무공을 전수한 철호대를 상대할 생각에 잠시 망설이던 설유라 역시도 이내 마음을 굳게 먹었다.

어차피 검문을 배신한 이들이라면 확실히 응징할 필요가 있었다.

챙!

그녀의 푸른 검집에서 창천검이 모습을 드러냈다.

좌중으로 퍼져 나가는 선기를 느낀 막문겸의 눈이 이채를 띠었다.

"창천검?"

검문의 신물이자 검황의 검인 창천검의 기운을 못 알아볼 리 없었다.

단지 검문에 있어야 할 창천검이 그녀의 손에 들려 있는 것이 의아했다.

창천검의 모습에 철호대의 무사들 눈빛이 묘해졌다.

사파 연맹과의 일전에서 검황이 선봉으로 저 검을 들고 달려들 때 그들은 그 뒤를 따랐다.

그런데 이젠 그 검과 적대 관계가 된 것이다.

[약선 어르신, 저희가 이들을 상대할 동안 산을 내려가 최대한 둘러서 검문으로 가세요!]

설유라가 전음을 보내자 약선이 작게 고개를 끄덕였다.

자신도 무공을 익혔지만 이들에 비하면 수준이 낮았기에 이 상황에서는 짐밖에 되지 않았다.

어떻게든 도망가서 이들이 신경 쓰지 않게 해주는 것만이 답이었다.

"자신들의 주군을 배신한 이상 각오하세요!"

설유라가 창천검을 들고 철호대를 향해 유성검법을 펼쳤다.

하얀 검기를 수놓으며 유성검법의 검초가 철호대를 향해 쇄도하자 그들은 일사불란하게 방어진을 구축했다.

까까까깡!

창천검과 그들의 철갑 방패로 이뤄진 방어진이 부딪치며 금속성이 퍼져 나갔다.

아무리 잘 구축된 진이라고 하나 창천검은 명불허전이었다.

검기가 실린 그녀의 일검에 철호대의 방패가 무가 잘리듯이 베여 나갔다.

"큭!"

"밀어!"

방패가 잘려 나가는 것에 철호대는 당황하지 않고 공력을 실어 동시에 밀었다.

고통을 감수해 가며 수십 명의 철호대가 밀착해서 방패로 밀어붙이자 검초를 펼치는 그녀 역시 뒤로 밀려날 수밖에 없었다.

"윽!"

뒤로 밀려 나가던 설유라가 보법을 펼쳐 거리를 벌리려 했다.

그러자 철호대는 기회를 포착한 듯 착검하여 그녀를 향해 동시에 검을 날렸다.

채채채채챙!

설유라는 거리를 벌리지 못한 채 검초를 펼쳐 그것을 막아야 했다.

이들 철호대는 개개인의 역량이 일류 고수들로 정파를 비롯해 사파 연맹, 마교 등과 수많은 전투를 벌인 경험을 가진 무사들이었다.

아무리 설유라와 모용월야가 그동안 강해졌다고 해도 그 경험치가 달랐다.

촥!

"크!"

허공에 떠올라 방패를 밟아 내려찍던 모용월야의 발목이 검에 살짝 베였다.

당황한 그가 공중제비를 돌며 방패 틈에서 나오는 검들을 피했지만 집요할 만큼 철호대는 그의 움직임을 제압하려 들었다.

"발과 발목을 노려라!"

"와아아아아아!"

철갑과 방패를 두른 무사들을 상대한 경험이 없는 모용월야에게는 곤욕이었다.

날렵하게 경공을 펼쳐도 너무 많은 수의 철호대가 사방을 포진하고 있었다.

[약선 어르신, 이 틈에 도망쳐야 합니다.]

약연의 전음성에 약선이 고개를 끄덕이며 조심스레 발걸음을 뒤로 뺐다.

다행인 것은 철호대가 그들의 뒤를 막고 있지 않다는 것이다.

"철호대! 도망치는 자들을 잡아랏!"

그때 막문겸이 슬금슬금 뒤로 빠지고 있는 약선과 약연을 발견하고 소리쳤다.

"헉!"

"어르신! 뛰어욧!"

철호대가 그들을 향해 몰려오자 당황한 그들은 재빨리 경공을 펼쳐 도망쳤다.

철갑으로 이뤄진 갑주와 방패를 들고 있는 그들의 유일한 단점은 기동성이 떨어진다는 점이다.

"갑주를 벗고 잡아!"

"충!"

댕그랑!

막문겸의 명에 대기하고 있던 다른 철호대가 갖추고 있던 철갑 방패를 바닥에 던지고 도망치는 그들을 따라잡기 위해 경공을 펼치려 했다.

그런 그들의 앞으로 어느새 퇴왕 염사곤이 나타나 가로막았다.

검하칠위 중에서 가장 빠른 경공을 자랑하는 염사곤답게 막문겸과 대치하던 도중에 순식간에 방향을 튼 것이다.

"누구 마음대로 저들을 잡겠다는 것이냐!"

파파팍!

"끄아아아악!"

미처 갑주를 벗어던지지 못한 철호대의 무사들은 염사곤의 강기가 실린 날카로운 퇴법에 속수무책으로 찢겨 나갔다.

하지만 이를 그냥 내버려 둘 막문겸이 아니었다.

"한시도 눈을 떼지 못하게 만드는군, 염사곤!"

"네놈이 느려서지, 막문겸!"

어느새 그 역시도 염사곤의 뒤를 따라잡아 강기가 실린 봉을 날렸다.

쾅!

양대 고수의 퇴강와 봉강이 맞부딪치면서 거대한 파공음이 퍼져 나갔다.

두 사람의 강기의 여파에 주변의 거목들조차 부러져 나갈 정도였다.

"지금이다!"

그 틈을 타서 철호대의 무사들이 다시 약선을 잡기 위해 경공을 펼쳤다.

철갑을 벗은 철호대의 무사들은 몸놀림이 한결 가벼워져 빠른 속도로 약선을 추격했다.

"쿨럭쿨럭!"

산 밑으로 도망을 치는 약선은 금세 지쳐 버렸다.

외공을 같이 연마한 것이 아니었기에 연로한 그가 내공을 아무리 끌어 올린다고 해도 체력적으로 한계가 있었다.

"힘내세요! 여기서 붙잡히면 모든 것이 끝이에요!"

약연이 옆에서 그를 붙들고 최대한 챙기려 했지만 한계가 있었다.

얼마 있지 않아 그들의 뒤로 철호대의 무사들이 따라잡았다.

타타타탁!

그들의 경공을 펼쳐서 땅을 딛는 소리가 점차 가까워졌다.

"게 서라!"

"칫!"

약연이 입술을 질끈 깨물었다.

여기서 약선이 죽게 된다면 자신에게 임무를 부여한 천마를 실망시키게 될 것이다.

'아아, 어쩔 수 없구나.'

"어르신! 먼저 가세요!"

"소, 소저!"

그녀는 결국 몸을 돌려 철호대의 무사들을 향해 달려들었다.

갑자기 면사를 쓴 여인이 몸을 돌려 연검을 휘두르자 철호대의 무사들은 추격을 멈출 수밖에 없었다.

현화단의 부단주인 약연의 무공은 그리 약한 편이 아니었으나 이들은 보통 무사들이 아닌, 무림에서도 손꼽히는 정예 무사들이었다.

"계집이 감히 누구를 가로막는 게냐!"

챙!

"악!"

철호대 무사가 검을 휘두르는 것을 그녀가 연검으로 막았지만, 가녀린 몸이 순식간에 뒤로 튕겨져 나갔다.

육중한 중검술을 펼치는 철호대의 검술은 그녀의 부드러운 연검술과는 상성이 좋지 않았다.

일검에 내상을 입었는지 약연의 입가로 피가 흘러내렸다.

"제법 예쁘장한 계집 같지만 운이 없구나!"

"그만 가거라!"

철호대의 무사 두 명이 합격으로 그녀를 향해 검초를 펼쳤다.

조금의 방심도 없이 완벽하게 상대를 제압하는 것이 철호대의 무사들이었다.

슈우우우욱!

"아아……!"

죽음을 앞둔 그녀는 두 눈을 질끈 감아버렸다.

그녀의 목과 배를 베기 위해 다가오는 두 검을 마주하는 찰나의 순간이었다.

댕강!

그 순간 철붙이 부러지는 소리가 그녀의 귀를 강타했다.

자신의 목이 날아가지 않았음을 느낀 그녀는 놀라서 자신도 모르게 감았던 두 눈을 떴다.

검이 베어 들어오던 그 자리에 흑색 장포를 두른 사내의 뒷모습이 보였다.

약연이 감격스러운 목소리로 외쳤다.

"조사님!"

단숨에 추격을 가로막은 면사의 여자를 죽이고 약선을 따라잡으려 한 철호대의 무사 두 명은 갑작스럽게 나타난 흑색 장포의 청년으로 인해 당혹감을 감추지 못했다.

'이, 이게 대체 무슨 조화인가?'

갑작스럽게 나타난 사내는 단지 손가락을 휘둘러서 그들이 휘두르던 중검을 가볍게 부러뜨려 버렸다.

엄밀히 얘기하면 손가락으로 검을 막았는데 검신이 부러졌다.

"조사님!"

약연이 감격스러운 목소리로 다시 외쳤다.

흑색 장포의 청년은 다름이 아닌 천마였다.

마교로 돌아갔을 거라고 생각한 천마가 대체 무슨 영문으로 이곳에 나타난 것일까.

반가운 한편으로 약연은 의아했다.

“걸리라는 대어는 낚이지 않고 고작 잡어들이 걸리다니, 쯧.”

천마는 철호대의 무사들을 무심한 눈길로 바라보며 짜증스러운 투로 말했다.

이에 검이 부러져 당황스러워하던 철호대의 무사 한 명이 천마를 향해 기습적으로 권을 날렸다.

그러나.

꽉!

“엇?”

천마는 무사의 일권을 가볍게 오른손으로 잡아냈다.

오히려 무시무시할 정도의 악력에 무사가 온몸을 뒤틀며 고통을 호소했다.

“으으으으, 으아아아아!”

“상대를 봐가면서 덤벼라, 애송아.”

천마가 왼손의 검지로 그의 목을 긋자 순식간에 무사의 목이 날아가 버렸다.

피가 뿜어져 나오며 옆에 있던 다른 철호대 무사의 얼굴을 뒤덮었다.

푸우우우우!

"흐헉!"

당황한 무사는 뒤로 발라당 넘어져 버렸다.

사람의 목이 베어진 장면은 수많은 전장을 통해 겪은 일이었지만 코앞에서 동료의 목이 날아가니 충격을 받을 수밖에 없었다.

너무도 순식간에 벌어진 사태에 추격에 나선 철호대 무사들은 어찌할 바를 몰라 했다.

'고… 고수! 그것도… 절대 고수다!'

그들의 앞에 서 있는 흑색 장포의 청년은 상상을 초월하는 고수였다.

설사 철갑주와 방패를 차고 있었다고 해도 고작 여덟 명에 불과한 그들이 상대할 수 있는 자가 아니었다.

모두가 공통적인 생각에 도달했다.

'도, 도망가야 해!'

천마가 풍기고 있는 흉신악살과도 같은 기운은 그들의 전의를 상실케 만들었다.

하지만 누구도 자리에서 발을 뗄 수가 없었다.

도망가야 한다고 간절하게 생각하면서도 입 밖으로 뱉을 수도 실천할 수도 없었다.

"일단 여기부터 정리를 해볼까."

천마가 의미심장한 미소를 흘리며 그들을 향해 다가갔다.

쾅쾅!

한편, 철호대의 부대주인 염봉왕 막문겸과 퇴왕 염사곤의 대결은 한창 치열하게 벌어지고 있었다.

양대 화경 고수 간의 대결 여파는 그야말로 주위를 초토화시켰다. 그들이 싸우는 한복판은 움푹 파인 구덩이에서부터 부러진 나무들로 아수라장이 되어 있었다.

강기의 여파에 철호대도 거리를 벌려서 설유라와 모용월야를 상대했다.

금방 제압하리라 여겼는데 예상과는 달리 그들은 힘겹게 버텨 나가고 있었다.

처음에는 육중한 방패를 제압하기 위해 위를 노리던 모용월야도 어느새 착지해서 싸움을 벌였다.

'젠장, 무슨 틈을 줘야 검을 찌르는데…….'

공력이 실린 방패로 막는 통에 검기가 죄다 튕겨 나갔다.

개개인의 공력은 모용월야에 비해 떨어졌지만, 진을 구축해서 방패술을 사용하니 도리어 그가 공격하다가 튕겨져 나가기 일쑤였다.

'이러다가 지쳐서 죽을지도 모르겠어.'

철호대는 진을 구축해서 밀어붙이니 체력적으로도 탄탄했다.

그런 반면에 모용월야는 갈수록 내공의 소모가 많아져 지쳐갔다.

그나마 창천검을 가지고 있는 설유라의 상황은 모용월야에 비해서는 나았지만 역시나 방패진을 상대하는 데 어려움을 겪고 있었다.

"그만 포기하십시오!"

"허튼소리 하지 마세요!"

부대의 특성상 다수가 상대를 도발할 만도 했지만 철호대는 그것은 삼갔다.

그래도 한때나마 자신들이 모시던 주군의 제자였다.

적으로 최후를 가하더라도 최소한의 예의는 갖추고 싶었다.

'방어로는 무림에서 최고라고 할 만하구나. 정말 적으로는 너무 성가시다.'

아군일 때는 느껴본 적이 없던 압박감이 그녀를 몰아세웠다.

철호대의 방패술과 방패진은 사파 연맹의 맹주이자 오황인 북호투황을 상대하기 위해 검황이 직접 창안해서 전수한 것이다.

정작 북호투황을 상대할 기회는 없었지만 어지간한 적은 혀를 내두를 정도로 그 방어만큼은 매우 견고하기 짝이 없었다.

쿵! 쿵!

계속해서 시간을 끄는 것은 치부라 생각했는지 그들이 전법을 바꾸었다.

원래는 전방위에서 공격하지 않았는데, 설유라의 동서남북으로 동시에 방패술을 펼쳤다.

"앗!"

놀란 그녀가 경공을 펼쳐 허공으로 피했다.

그 순간 철호대가 일사불란하게 방패를 들어 올려 땅에 착지하지 못하도록 만들었다.

결국 그녀는 모용월야가 한 것처럼 방패 위에 올라서야만 했다.

탁!

설유라의 발이 방패에 닿는 순간, 방패들 사이에서 철호대의 중검이 고슴도치처럼 튀어나와 그녀를 노렸다.

발을 디디지 못하게 검을 찔러오자 설유라는 방패를 박차고 올라 높은 곳으로 경공을 펼쳤다.

나무 위로 오르려는 것인가 했는데 그게 아니었다.

"엇? 설마?"

설유라는 허공에서 낙하하면서 유성검법의 절초이자 가장 패도적인 초식인 유성파천(流星派天)을 펼쳤다.

창천검의 공력을 최대로 끌어 올린 유성파천의 위력은 가히 검강에 맞먹을 정도이다.

"떠, 떨어져!"

엄청난 절초에 방패를 들어 올려 막으려 하던 철호대가 경악하며 사방으로 산개했다.

하지만 육중한 방패에 철갑을 입다 보니 그들이 흩어지는 것은 그리 빠를 수가 없었다.

방패들에 부딪쳐서 피하지 못한 철호대는 그대로 유성파천에 직격을 받았다.

쾅!

설유라가 펼치는 절초에 네 명의 철호대 무사들이 방패를 든 채로 그대로 조각이 나버리고 말았다.

"여, 역시 유성검법!"

철호대의 무사들은 감탄을 금치 못했다.

아무리 그녀가 검문의 막내 제자라고 해도 유성검법은 무림에서 다섯 손가락 안에 드는 최고의 검법이면서 무공이었다. 절대로 방심은 금물이었다.

"헉헉……."

절초를 펼치면서 내공 소모가 컸던 그녀의 입에서 거친 숨이 터져 나왔다.

유성검법의 전반부에 비해서 후반부의 초식들은 패도적이면서도 내공 소모가 큰 검법이었기에 선천공을 대성하지 못한 설유라가 쓰기에는 버거웠다.

'위기라서 쓰긴 했는데……'

고작 한 초식을 펼치고 체력을 거의 탕진한 것 같았다.

생각지도 못한 강대한 초식에 당황해했던 철호대의 무사들은 지친 기색이 역력한 그녀를 보며 회심의 미소를 지었다.

"그녀도 이미 지쳤다! 더욱 몰아쳐라!"

"와아아아아!"

선임 무사의 외침에 철호대가 사기를 높이며 방패술을 펼쳤다.

사방에서 득달같이 달려드는 철방패를 보며 설유라의 눈에 절망감이 감돌았다.

그나마 유일한 희망인 염사곤은 같은 검하칠위인 막문겸을 상대하는 것만으로도 벅차 보였고, 모용월야도 거의 한계에 도달해 있었다.

'아아, 정말 끝인 건가.'

수많은 우여곡절 끝에 약선을 찾았다.

그런데 고작 이 산 고개만 넘으면 무림맹의 입구가 코앞인데 너무 억울했다.

설유라의 두 눈이 붉어지며 눈물이 맺혔다.

바로 그 순간이었다.

쾅!

"크아아악!"

그녀의 눈에 믿을 수 없는 광경이 펼쳐졌다.

육중한 방패를 들고 있는 철호대의 무사들이 거대한 굉음 소리와 함께 허공으로 치솟는 것이 아닌가.

대체 얼마나 강한 공력을 가져야 이런 신기가 가능한 것일까?

갑작스럽게 벌어진 사태에 철호대 무사들이 일제히 설유라를 공격하던 것을 멈추고 진원지를 쳐다보았다.

그 한가운데에는 흑색 장포를 걸친 한 청년이 서 있었다.

설유라가 그 모습에 반색하며 소리쳤다.

"사마 공자!"

천마의 뜻밖의 등장에 그녀는 괜히 울컥해져 눈물이 흘러내렸다.

자신들과 같이 갈 것을 거절한 그가 이곳에 나타난 것을 보니 어쩌면 자신을 지켜주는 수호신이 아닌가 하는 착각마저 들었다.

"후아!"

죽을 위기에 처해 있던 모용월야의 입에서도 거친 숨이 튀어나왔다.

정말 기가 막힌 시점에 천마가 등장하면서 방패진에서 거리를 벌릴 수 있었다.

'젠장, 처음부터 있었으면 이런 고생도 안 했을 텐데.'

고마운 한편으로 괜히 심술이 나는 그였다.

반면 정체를 알 수 없는 천마의 등장에 철호대 무사들의 경각심이 높아졌다.

허공에 치솟아 바닥에 넘어진 철호대의 무사들은 어안이 벙벙했다.

'뭐지, 대체 이건?'

한참 전투가 벌어지고 있는 이곳으로 다가온 그를 경계한 무사들이 방패술을 펼쳐 제압하려고 했다.

그런데 천마가 일권을 펼치는 순간 어느새 허공으로 떠올라 바닥에 쓰러졌다.

더욱 놀라운 것은.

투투투툭!

그들이 들고 있는 철방패가 고작 일격에 동강이 나거나 일그러졌다.

방패를 들고 있지 않았다면 일격에 죽었을지도 모른다는 생각에 소름이 돋았다.

천마 쪽에 서 있던 철호대의 선임 무사 중 한 명이 입을 열었다.

"귀, 귀하는 대체 누구시기에 남의 일에 끼어드는 것이오?"

얼굴만 보면 약관에 불과한 청년인데 이상하게 존대가 나왔다.

천마의 몸에서 풍겨오는 불길하면서도 심연과도 같은 어둠을 머금은 저 눈빛이 범상치가 않았다.

어쩌면 그들이 상상도 하기 힘든 고수라는 생각이 머릿속을 휘감았다.

"왜? 내가 끼어들면 안 되나?"

"무림에도 법도라는 것이 있는데, 어찌 귀하와 같은 고수가 이런 일에 끼어든다는 말입니까?"

이제 곧 설유라와 모용월야를 제압하기 직전이었다.

그런데 정체를 알 수 없는 천마가 끼어드는 통에 그들에게는 변수가 작용한 것이다.

설득해서 물러서게 할 수 있다면 그렇게라도 해야 했다.

"고작 계집과 애송이를 상대로 철갑으로 무장해서 덤비는 주제에 개소리를 잘도 지껄이는군."

"뭐, 뭐요?"

"헛소리 작작 하고 안 덤비면 내가 간다."

"헉?"

말이 끝남과 동시에 천마의 신형이 어느새 선임 무사의 지척으로 다가왔다.

당황한 선임 무사가 방패를 들어 막았지만 천마의 일장이 어느새 방패에 타격을 가하고 있었다.

팡!

"끄억!"

놀랍게도 방패를 들고 있던 선임 무사는 비명을 지르며 입에서 선혈을 내뿜었다.

방패를 친 것 같았는데 공력이 방패를 관통해서 그의 복부에 타격을 입힌 것이다.

이것은 바로 발경(發勁)이었다.

"바, 발경을… 끄르르르르……."

선임 무사는 어이가 없다는 눈빛으로 피거품을 물며 쓰러졌다.

방금 전 철호대 무사들이 허공으로 치솟는 것을 보며 당연히 외가무공이 극에 달한 자라고 판단했는데 오판이었다.

"칠조와 팔조, 구조, 십이조는 팔방 방패진을 펼쳐라!"

당혹스러운 것도 잠시, 천마가 적대적이라는 것을 확인한 철호대는 빠르게 진열을 가다듬어 방패진을 구축했다.

순식간에 방패진이 구축되자 철호대의 다른 선임 무사가 비장한 목소리로 말했다.

"귀하가 누군지는 모르나 오늘 이렇게 함부로 끼어든 것을 후회하게 될 것이오!"

그들은 무림 정벌을 위해 수많은 전장을 경험했고, 화경의 고수조차도 혀를 내두르게 만드는 철호대였다.

비록 천마에게서 풍겨져 오는 절대적인 기세가 두렵기는 했으나 절대 상대하지 못할 고수라고는 생각지 않았다.

"쳐라!"

"멍청한 놈들이군."

우우우웅!

그리고 천마의 오른손 주먹에서 터져 나온 거대한 권강의 위용에 팔방 방패진을 구축한 철호대는 죽을 각오로 진을 풀고 산개했다.

북호투황의 독문무공인 투호권강.

그것은 외가 무공의 정점이자 천마조차도 인정한 권강의 극치였다.

북호투황을 상대하기 위해 검황이 키운 철호대의 방패진이다.

공교롭게도 산서성의 오태산에서 북호투황이 죽음을 맞이하지 않았다면 그들은 존재하지 않았을지도 모른다.

"이런 말도 안 되는 권강이?"

"모두 피해애애애애!"

천마의 오른손 주먹에서 뻗어 나오는 거대한 권강은 상상을 초월했다.

견고한 팔방 방패진이라면 어떠한 충격도 흡수하리라는 자신감은 사라진 지 오래였다.

권강이 그들을 향해 쇄도하는 순간, 들고 있던 육중한 방패를 던져 버리고 있는 힘을 다해 산개했다.

콰콰콰콰쾅!

거대한 권강은 일직선으로 뻗어 나가 산의 한가운데를 뚫고 지나갔다.

그 과정에서 산개한 팔방 방패진을 펼친 철호대는 겨우 목숨을 부지했지만 뒤에 있던 다른 철호대는 미처 피하지 못하고 그대로 권강을 맞고 말았다.

결과는 참혹하기 짝이 없었다.

"끄아아아악!"

"내 팔! 내 팔이!"

권강을 완전히 직격당한 이들은 흔적도 없이 소멸했고, 스치기라도 한 자들은 팔다리를 잃었다.

아직 칠 할에 가까운 철호대가 무사했지만 그들의 얼굴은 경악으로 물들었다.

"이게 정말 인간이 펼칠 수 있는 무공이란 말인가?"

화경의 고수들이 펼치는 권강의 위력 또한 무시무시할 정도였다.

하지만 방금 전에 천마의 손에서 뻗어 나온 권강은 그 수준을 훨씬 상회했다.

"서, 설마……."

"현경의 고수?"

항상 사기 넘치던 철호대의 분위기가 침체되었다.

그들은 긴장한 나머지 방패를 쥐고 있는 손에 더욱 힘이 들어갔다.

수많은 전장의 경험이 있는 철호대였지만 한 번도 현경의 고수를 상대한 적은 없었다.

"철갑주에 방패를 들고 겁대가리들이 많군."

천마의 도발하는 말에 그들의 표정이 바뀌었다.

아무리 강한 적을 상대하면서도 한 번도 후퇴를 해본 적이 없는 철호대였다.

철호대의 선임 무사들이 나서서 분노에 찬 얼굴로 소리를 높였다.

"감히 우리를 우습게 여기는 것인가!"

"우리가 누군가?"

"철호! 철호! 철호대!"

쿵! 쿵! 쿵!

백사십 명 정도에 이르는 철호대가 바닥에 방패를 내려찍자 사방이 진동했다.

그들이 항상 전장에 나서기 전에 사기를 끌어 올리는 방법이었다.

방금 전까지 침체되었던 철호대의 기세가 올라가는 것을

느낀 천마가 설유라를 비롯한 모용월야에게 전음을 보냈다.

[어이, 계집. 당장 내 뒤편으로 물러서라.]

"아!"

전음을 들은 그들은 재빨리 경공을 펼쳐서 천마에게로 왔다.

든든한 천마의 뒷모습에 설유라는 볼이 빨갛게 상기되어 그를 바라보았다.

하지만 천마의 눈은 철호대에게서 떨어지지 않고 있었다.

쿵! 쿵! 쿵!

방패를 내려찍는 소리에 신경이 쓰이는 것은 그만이 아니었다.

한참 피 터지게 대결을 펼치고 있는 염사곤과 막문겸 역시도 어느새 다른 곳으로 신경이 팔리고 있었다.

'뭐지? 내 명도 없이 철호대가 전의를 높이다니? 설마 방금 전의 그것 때문인가?'

화경의 고수인 그들은 기의 유동에 민감하다.

치열하게 일전을 벌이던 그들은 대기가 떨려올 만큼 강대한 기운을 느꼈다.

그것은 천마가 펼친 투호권강 때문이었다.

'놈이 온 것인가? 그렇다면 한시름 덜었구나.'

절곡에서 느낀 대기를 뒤흔드는 기운.

그것은 염사곤이 익히 잘 알면서도 불만스러워하는 그자의 기운이었다.

알 수 없는 고수의 등장은 막문겸을 신경 쓰이게 만들었고, 천마의 등장에 염사곤은 한결 편하게 일전에 임할 수 있게 되었다.

파파팍!

갈수록 경쾌해지는 염사곤의 퇴법에 막문겸의 안색이 어두워졌다.

한편, 구호를 통해서 전의를 끌어 올린 철호대는 일사불란하게 전열을 가다듬었다.

그들은 마치 전장에 나와 있는 것처럼 단 한 사람을 상대로 전체가 펼치는 방패진을 구축했다.

이를 바라보는 천마의 평은 간단했다.

"흠, 재밌긴 하군."

긴장하는 기색은커녕 오히려 흥밋거리를 발견한 표정을 짓고 있었다.

천 년 전에는 군(軍)이 아니고는 무림의 단체나 부대에 방패를 쓸 생각을 한 이는 누구도 없었다.

"일진부터 진격!"

전열을 가다듬자 곧바로 공격이 시작되었다.

맨 앞줄에 일렬로 서 있던 방패진이 천마를 향해 돌격해

갔다.

"이진과 삼진, 따라서 진격!"

그 뒤를 따라 이열과 삼열의 방패진이 뒤를 받쳐서 진격했다.

그것을 바라보는 천마의 표정에는 비웃음이 담겨 있었다.

"방어를 위한 진을 공격으로 쓴다……. 발상이 고루하군."

방어 속에 공격이 담겨 있다면 그 위력이 최상으로 발휘할 수 있겠지만 방패를 들고 돌격하는 것은 천마에게 있어서 어리석게 느껴졌다.

"와아아아아아아!"

육중한 방패에 기를 주입해 밀어붙이는 철호대.

그들이 한 손에 든 중검은 언제든지 방패 틈 사이로 상대의 요혈을 노릴 준비가 되어 있었다.

그러나 불행하게도 상대는 절대적인 고수인 천마였다.

천마는 방패진을 향해 신형을 날리더니 이내 심후한 공력이 실린 일권을 내질렀다.

쾅!

"끄아아아악!"

진격해 오는 철호대의 한쪽이 천마의 일격에 그대로 튕겨져 나가 다른 한편에 있는 무사들에게로 날려갔다.

방패진을 상대하면서 적수공권을 사용하는 이는 극소수에

불과했다.

그런데 천마는 압도적인 공력과 외공으로 일격을 가해 방패를 든 무사들을 통째로 날려 보내니 그 발상이 남달랐다.

'미친놈, 저런 짓은 저놈만이 가능할 거야.'

힘들게 방패진을 상대하던 모용월야가 혀를 내둘렀다.

애써 검을 휘둘러 가며 그 틈을 노리려 한 자신이 바보처럼 느껴질 정도였다.

'…저런 식으로도 싸울 수 있는 거로구나.'

설유라 역시도 감탄을 금치 못했다.

방패진을 상대하면서 그녀는 어떻게든 방패를 베어서 상대에게 치명타를 가하려 했다.

하지만 천마는 방패 자체에 타격을 가함으로써 적을 상대했다.

으득!

진을 담당하는 선임 무사가 쓰러진 무사들에게 소리쳤다.

"당장 일어나 진열을 가다듬어라!"

그러나 바닥에 쓰러진 무사들은 몸을 일으켜 세우지 못했다.

죽어가는 신음 소리만이 들려왔다.

"끄으으으으!"

"아, 아니, 이럴 수가?"

천마의 일격에 당한 철호대의 무사들은 그저 날려간 것뿐만이 아니었다.

심한 내상까지 입어서 피를 토하다 즉사하거나 기절하는 이들이 부지기수였다.

그들이 놀라 하는 순간에도 천마의 공격은 계속되고 있었다.

쾅! 쾅!

"끄아아악!"

천마의 일권과 발차기에 맞은 철호대의 무사들이 튕겨져 나가 다른 방패를 든 무사들에게 부딪쳐 내상을 입혔다.

"이, 이화접목?"

천마가 날려 보낸 철호대의 무사들이 하나의 공력이 실린 투기가 된 것이다.

이론적으로는 가능했지만 실제로 행하려면 심후한 공력과 그만큼의 무위가 바탕이 되어야 한다.

"이, 이 괴물 같은 놈!"

철호대의 방패진이 끊임없이 진격했으나 상황은 역부족이었다.

그야말로 파죽지세와 같은 사태가 벌어지고 있었다.

천마가 일수를 날릴 때마다 철호대의 무사들은 버티지 못하고 날려갔다.

천마의 공격 앞에서 육중한 방패는 그들을 지키는 방어 도구가 아니라 오히려 움직임을 방해하고 목숨을 위태롭게 만들었다.

벌써 절반이 넘는 철호대의 무사들이 바닥에 쓰러져 있었다.

"저놈은 지치지도 않는단 말인가?"

철호대의 무사들은 절망스러운 눈으로 천마를 노려보았다.

철갑주와 육중한 철방패를 든 무사들을 날려 보내서 이화접목까지 펼치려면 굉장한 내공의 소모가 있을 터인데 전혀 지친 기색조차 없었다.

하지만 이들이 간과하고 있는 사실이 있었다.

현경의 경지에 이른 고수들은 주위의 기를 끌어당겨서 쓸 수 있기에 공력의 세기에는 한계가 있을지언정 내공에는 한계가 없었다.

"멍청한 놈들이군. 물량 공세로 이길 수 없는 상대도 있다는 것을 죽기 전에 깨닫겠구나."

이죽거리는 천마의 말에 그들은 답변조차 할 수 없었다.

그저 조금이라도 천마의 빈틈을 노리기 위해 끊임없이 진격했다.

하지만 천마는 태산처럼 버텼다.

"크윽! 마지막 수단밖에 없단 말인가!"

결국 철호대의 무사들은 그저 진격하는 것밖에 답이 없음을 깨달았다.

모든 무공과 진법에는 최후의 수단이 있다.

그것은 동귀어진의 수였다.

"철호대 파공진을 펼친다!"

선임 무사의 외침에 남아 있는 철호대의 표정이 비장해졌다.

이를 펼치고 나면 자신들의 전 내공을 소모해 살아남더라도 폐인이 될 확률이 높기 때문이었다.

댕그랑!

앞 열에 서 있는 철호대 무사들을 제외한 이들이 전부 들고 있던 방패를 내던졌다.

"파공진 진격!"

선임 무사의 외침과 함께 앞 열에 서 있던 무사들이 방패를 들고 진격했다.

그 뒤를 따라 방패를 내던진 무사들도 내달렸다.

의외의 행동에 의아한 표정을 지은 천마는 이내 진격해 오는 방패진을 향해 일권을 내질렀다.

그 순간.

쿵!

"음?"

오히려 천마의 몸이 뒤로 밀려 나갔다.

그것은 천마가 일격을 펼치는 공력을 상회해야만 가능한 일이었다.

"설마 이놈들?"

그것은 남은 칠십여 명의 철호대의 모든 기운이 하나로 합쳐진 것이었다.

앞 열의 방패진 뒤에서 남은 철호대의 무사들이 달라붙어 진원진기를 불어넣고 있었다.

"더 진격해라!"

천마가 뒤로 밀려나자 기세가 오른 방패진이 진격해 왔다.

일류 고수에서 절정 초입에 이르는 무사들이 진원진기를 끌어내서 합격을 가함으로써 상상을 초월하는 힘을 발휘했다.

쾅!

바로 앞에서 다시 한 번 진격해 오는 방패진의 공세에 천마가 십 성 공력으로 일권을 가했으나 이번에도 천마의 몸이 뒤로 튕겨져 나갔다.

칠십여 명이 희생하는 진원진기의 위력은 가히 절대적이었다.

"후우, 목숨을 걸었다는 것이냐?"

뒤로 튕겨져 나간 천마가 그들을 바라보며 입꼬리를 올렸다.

벌레도 밟으면 꿈틀댄다는 말처럼 이들은 절대 고수인 천마 단 한 사람을 잡기 위해 목숨을 내던질 각오를 한 것이다.

"아무리 그대 같은 절세적인 고수라도 우리 철호대를 이길 수는 없을 것이오!"

"철호! 철호! 철호대!"

기세가 오른 그들이 구호를 외치며 진격해 왔다.

수천의 기마대가 진격해서 수만의 보병을 압살하는 것처럼 그들은 천마를 방패진으로 밀어붙여 억눌러 죽일 작정인 것이다.

자신에게로 진격해 오는 철호대의 최후의 방패진을 보며 천마가 웃었다.

"참으로 불행한 일이야."

그것은 앞 열의 달리고 있는 무사들에게 알 수 없는 불길함을 가져다주었다.

탓!

방패진이 닿기 바로 직전 천마의 신형이 허공으로 솟구치더니 어느새 그를 향해 진격해 오는 방패진의 뒤편으로 내려왔다.

"내가 설마 앞에서 그걸 막을 거라 생각한 건 아니겠지?"

천마는 그 말과 함께 현천검을 뽑아 검강을 실은 일검을 날렸다.

당황한 그들이 미처 방패를 앞으로 돌리기도 전에 그의 검강이 철호대를 관통했다.

촤아아아악!

"비, 빌어먹을……."

칠십여 명의 철호대 무사들은 어이가 없다는 듯 눈을 부릅뜨고 숨을 거뒀다.

그들의 상반신이 베어져 나가며 바닥에 힘없이 떨어졌다.

*　　　*　　　*

염사곤의 폭풍과도 같은 퇴법에 맞서는 막문겸의 봉은 그야말로 풍신의 강림이었다.

그가 봉을 휘두를 때마다 바람이 날카로운 예기를 일으키며 염사곤을 노렸다.

염사곤은 방심하지 않고 그것을 피해내며 막문겸의 허점을 찾았다.

'예전에 있던 허점을 보완한 것인가?'

막문겸의 봉법은 예전보다도 더욱 견고해져 있었다.

"예전보다 더 강해졌군, 염사곤."

"네놈이야말로!"

서로의 무공을 잘 알고 있는 그들의 대결 구도는 긴장의 연속이었다.

그러나 팽팽하게 유지되던 그들의 대결이 깨지게 된 계기가 생겨났다.

철호대가 구호를 외치며 전의를 끌어 올릴 때부터 집중력이 흔들리던 막문겸은 갈수록 허점을 보였다.

"어딜 한눈파는 겐가!"

퍼퍼퍼퍼퍽!

"크헉!"

염사곤의 폭풍과도 같은 발차기가 그의 가슴을 강타했다.

미처 그것을 막지 못한 막문겸은 발차기에 맞고 뒤로 튕겨져 나갔다.

다행히 강기가 실린 것은 아니었지만 상당한 내상을 입었는지 그의 입가로 피가 흘러내렸다.

"어떻게 이런 일이… 쿨럭쿨럭!"

막문겸은 믿을 수 없다는 얼굴로 어딘가를 바라보았다.

그곳에선 철호대가 전투를 벌이고 있었다.

갑자기 나타난 정체 모를 고수와 일전을 벌이던 그들의 기운이 점차 줄어들더니 갑자기 폭증하는 것을 느꼈다.

'설마 이건 파공진?'

파공진은 최악의 상황 속에서 공성 방어를 위해 만든 최후의 방패진이다.

이것은 절대 고수 한 명을 상대하기 위한 동귀어진의 수가 아니었다.

자신이 명을 내리지 않았음에도 이것을 펼친다는 것은 철호대가 위기에 처했다는 것이다.

"…엄청나군."

막문겸에게 부상을 입힌 염사곤 역시도 그곳으로 시선이 갔다.

칠십여 명의 방패진이 진원진기를 끌어내어 천마를 향해서 진격하는 것이 보였다.

동귀어진의 수답게 그 괴물 같은 천마조차 뒤로 튕겨져 나갔다.

'저 괴물 놈이 위험할 수도 있겠구나.'

그러나 좀 더 고지에서 지켜보는 막문겸은 저 동귀어진에 가까운 방패진의 허점이 정확히 보였다.

위와 배후가 비어 있기 때문에 그곳을 노리면 일격에 무너진다.

그것을 알려줘야 하나 고민하는 찰나에 어느새 천마의 신형이 그들의 뒤를 점했다.

"안 돼애애애애애애!"

슉!

막문겸이 절규하듯이 외치더니 검을 휘두르려는 천마를 막기 위해 경공을 펼쳤다.

하지만 이미 현천검에서 뻗어 나온 날카로운 검강이 배후가 비어 있는 철호대를 관통했다.

반으로 갈라진 철호대 무사들의 하반신에서 피가 분수처럼 솟구쳤다.

푸숙!

칠십여 명의 몸에서 뿜어져 나오는 피 분수가 그 일대를 뒤덮었다.

코를 찌르는 혈향을 가로질러 파괴적인 봉강이 천마를 향해 쇄도했다.

"음?"

검집에 현천검을 집어넣으려던 천마가 이채를 띠며 기습적으로 쇄도해 온 봉강을 위로 쳐냈다.

그 위력이 어찌나 강했는지 현천검의 검신이 떨려왔다.

그것이 끝이 아니었다.

"감히 네놈이 철호대를! 죽어랏!"

분노한 막문겸의 봉 초식이 하늘을 가득 메우며 천마를 향해 내려쳤다.

염봉왕 막문겸이 자랑하는 일천봉법의 가장 패도적인 초식인 봉천사일(棒天瀉日)이었다.

'제법인데?'

봉으로는 소림의 봉법이 최고라 여겼는데, 이자의 봉초는 천마조차 칭찬이 나올 정도로 그 기세가 대단했다.

하늘의 태양마저 뒤덮을 기세의 봉초에 천마의 손에 들려 있던 현천검이 번쩍였다.

촤촤촤촤촤!

현천검이 촘촘한 검망이 만들어내며 봉초를 막아냈다.

무공 대결에서 고지를 지배하는 자가 승기를 선점한다는 말이 있는 만큼 봉천사일의 초식의 압박은 굉장했다.

파파팍!

검망을 만들어내 막아내는 천마의 발밑이 파일 정도였다.

내상을 입었는데도 이런 패도적인 초식을 펼칠 만큼 막문겸의 분노와 전의는 최고치에 달해 있었다.

"무거우니 그만 꺼져라!"

오른손의 현천검으로 검망을 만들어내 막아내던 천마는 왼손 검지로 봉천사일이 펼쳐지는 초식의 좌 방위를 향해 검기를 날렸다.

그러자 놀랍게도 물샐틈없이 하늘을 수놓던 봉초를 통과해 검기가 막문겸의 어깨를 관통했다.

푹!

"크헉!"

고통으로 인해 신형이 흔들리자 초식 역시도 마찬가지였다.

천마가 현천검에 공력을 더욱 가하자 결국 막문겸의 봉천사일 초식은 파훼되고 말았다.

밀려 나간 막문겸은 착지하는 순간 피를 한 움큼 토해냈다.

"쿨럭쿨럭! 괴물 같은 놈! 부, 분하구나!"

염사곤의 퇴법에 맞아 내상을 입은 상태에서 무리한 탓에 내상이 더욱 도지고 말았다.

어디서부터 잘못되었는지 이해가 가지 않았다.

파월도제 순휘의 조언대로 확실하게 설유라와 약선을 처리하기 위해 철호대마저 끌고 왔는데 그들은 싸늘한 주검이 되고 말았다.

'대체 이놈은 누구란 말이냐?'

오황과 검하칠위, 각 문파의 장문인들을 제외하고 이런 절대적인 고수가 대체 어디서 튀어나왔단 말인가.

착!

천마의 현천검이 그의 목으로 다가왔다.

목에서 느껴지는 날카로운 예기에 막문겸이 씁쓸한 표정으로 입을 열었다.

"베어라."

"그전에 하나만 묻자."

"뭐?"

"네놈, 혹시 혈교와 관련 있냐?"

"…혈교? 대체 그게 뭐지?"

혈교라는 말에 막문겸은 의아한 눈빛으로 천마를 바라보았다.

원영신을 열어서 살펴봐도 그의 말에는 거짓이 없었다.

처음부터 혈마기가 느껴지지 않았기에 혈교와 관련이 없음은 알았지만 혹시나 하는 마음에 질문한 그였다.

"그렇군. 그럼 잘 가라."

천마가 검에 힘을 주어 막문겸의 목을 베려 했다.

그때 설유라가 다급히 달려와 그를 만류했다.

"자, 잠깐만요, 사마 공자!"

"뭐냐? 설마 이놈을 살려달라는 헛소리는 하지 않겠지?"

퉁명스러운 천마의 말투에 설유라가 고개를 저었다.

"…아니에요. 그에게 잠시 물어볼 것이 있어요."

설유라 역시도 검문을 배신한 막문겸을 살릴 생각 따윈 없었다.

단지 그들을 노린 막문겸이 한 말이 떠올랐기 때문이다.

"설마 그분을 등지는 것이 나 혼자라고 생각하는 것이오?"

검하칠위에서 배신자가 나올 수도 있다고는 생각했지만 설마 그것이 다수가 될 거라고는 의심하지 않은 설유라였다.

목이 베어지기 전에 만류한 설유라를 바라보는 막문겸의 눈빛이 착잡했다.

"아가씨, 대체 무엇을 물어보려는 것이오?"

"아까 전에 당신뿐만이 아니라 다른 이들도 등을 졌다고 했는데 그게 대체 누구죠?"

혼란스러운지 흔들리는 눈빛으로 묻는 설유라를 쳐다보던 막문겸이 고개를 절레절레 흔들며 웃었다.

"후후후, 내가 그것을 발설할 거라 생각하시오?"

아무리 패배를 했다지만 그에게도 무림에서 명성을 떨치던 고수로서의 자존심이 있었다.

배신을 한 동료들의 이름을 팔 생각 따윈 없었다.

"쓸데없는 질문은 하지 말고 어서 베시오."

"하아……!"

설유라가 탄식에 가까운 한숨을 내뱉으며 두 눈을 감았다.

어릴 적부터 봐온 대부와도 같은 이를 이런 식으로 대면하다니 씁쓸하기 그지없었다.

하지만 천마가 오지 않았다면 자신이 죽임을 당했을 것이다.

"…하아."

혼란스러워하는 설유라를 말없이 바라보던 막문겸이 허탈한 목소리로 말했다.

"지금쯤… 검문으로 돌아가면 아가씨는 죽을지도 모르오. 목숨을 부지하려면 검하칠위의 일석인 유심원이 있는 곤륜으로 가시오."

그것은 막문겸이 마지막으로 주군의 제자인 설유라에게 베푸는 호의였다.

직접적으로 얘기한 것은 아니었지만 많은 정보를 담고 있었다.

검문 내에 지금 반란이 일어나고 있다는 사실과 검하칠위의 일석은 배신에 가담하지 않았음을 말이다.

"…고마워요."

그의 마지막 호의를 알아챈 설유라가 씁쓸한 미소로 감사를 전했다.

그녀는 고개를 들어 천마를 바라보았다.

"흥!"

그러자 천마가 콧방귀를 뀌면서 현천검을 검집에 집어넣고 뒤로 돌아섰다.

설유라가 천천히 푸른 검집에 담겨 있는 창천검을 뽑았다.

"사부이신 검황을 대신해서 검문을 배신한 당신을 처단합니다."

촤악!

그녀의 검이 막문겸의 목을 베었다.

바닥을 뒹구는 막문겸의 머리를 바라보며 설유라의 붉어진 뺨으로 눈물이 흘러내렸다.

죽음을 받아들인 막문겸은 끝까지 설유라를 배려해 머리를 숙여 그녀와 눈이 마주치는 것을 피했다.

한참 눈물을 훔치던 그녀는 문득 뭔가를 떠올렸는지 다급하게 외쳤다.

"염 대협!"

"대기하고 있었습니다, 아가씨."

염사곤은 가까이에서 그녀가 감정을 추스르기를 기다리고 있었다.

설유라는 지금 당장 자신이 해야 할 일을 잘 알고 있었다.

"지금 당장 검문으로 가야 해요!"

막문겸의 말대로라면 검하칠위의 배신자들이 검황을 노릴 것이다.

다행인 점은 무림맹 내로 입성하려면 들어갈 수 있는 수하 세력의 수가 한정되어 있다는 것이다.

"아가씨, 서두르셔야 합니다!"

염사곤 역시도 동의하는지 고개를 끄덕였다.

막문겸이 검문이 아닌 안양 초입인 이곳에서 대기하고 있다는 것은 어쩌면 아직 기회가 있을지도 몰랐다.

설유라가 조심스러운 목소리로 천마에게 말했다.

"사마 공자, 정말 죄송한 얘기지만 한 번만 더… 도와줄 수 없을까요?"

만약의 상황을 대비해서 절대 고수인 천마의 도움은 절실했다.

만약 일석을 제외한 검하칠위 전부가 검문을 노린다면 염사곤과 자신들만으로는 막아낼 수 없었다.

"거절하도록 하지."

"네?"

하지만 천마의 대답은 단호하기 짝이 없었다.

위기 속에서 자신들을 구해준 그였기에 혹시나 하는 마음에 도움을 요청한 것이었는데 단호하게 거절하니 씁쓸했다.

"…아가씨, 지금은 시간 낭비할 틈이 없으니 서둘러 가지요."

염사곤 역시도 내심 천마의 도움을 기대했지만 애써 천마에게 부탁할 생각 따윈 없었다.

문파 내부의 일에 계속해서 외인인 그의 도움 받는 것도 무림을 제패한 검문에 있어선 수치스러운 일이었다.

"계집, 약선은 혹시 몰라 안양에 있는 고을에 머물라고 했으니 네 일을 해결한다면 데려가라."

그래도 약선을 보호해 준다는 말에 위안을 얻은 설유라가 고개를 끄덕였다.

유독 자신에게 냉정한 천마를 애틋한 눈빛으로 쳐다보던 설유라는 결국 마음을 다잡고 염사곤, 모용월야 등과 함께 무림맹으로 향했다.

그들이 사라진 후 얼마 있지 않아 약연이 모습을 드러냈다.

"조사님!"

그녀가 반가운 얼굴로 한쪽 무릎을 꿇고 천마에게 예를 표했다.

그런 약연에게 천마가 물었다.

"약선은?"

"안양의 현화단 지부에 약선을 데려다 놓았습니다."

"잘했다."

"그런데 조사님께서 어찌 이곳으로 직접 현신하신 것인지?"

마중달과의 전쟁을 앞둔 상황이기에 당연히 마교로 돌아갈 것이라 여긴 천마가 이곳에 나타난 것은 약연에게도 의아한 일이었다.

"대어가 미끼를 빨리 물지도 모른다고 생각했는데 오판이었다."

"네?"

"혈교 말이다."

천마의 말에 약연은 그제야 이해가 되는지 고개를 끄덕였다.

처음에는 원래 계획한 대로 약선이 검황의 치료를 마친 후 검문을 나설 때를 노리려 한 천마였지만 혹시나 하는 마음에 그들을 따라온 것이다.

한데 예상과 다르게 잡어가 낚이고 말았다.

본의 아니게 설유라와 검문을 돕게 된 천마는 못마땅했는지 혀를 찼다.

"쯧쯧, 혹시 검하칠위가 반란에 성공하게 된다면 약선을 본교로 데려오도록."

"명을 받듭니다!"

그 말과 함께 천마는 마교로 돌아갔다.

돌아가는 천마의 뒷모습을 바라보며 약연은 수줍은 미소를 지으며 안양의 고을로 향했다.

검하칠위의 삼석이자 철호대의 대주인 염봉왕 막문겸.

명성으로는 현 무림에서 열 손가락 안에 드는 무인이다.

그런 막문겸의 수급이 가져오는 파급력은 무림에 있어서도 대사건이나 마찬가지였다.

파월도제 순휘는 바닥을 뒹구는 막문겸의 수급을 보며 경악을 금치 못했다.

"어, 어떻게… 이런 일이……."

다른 사람도 아니고 철호대를 이끌고 갔던 막문겸이다.

검황이 건재하다는 시점에서 막문겸이 설유라와 약선의 수급을 가지고 왔다면 더욱 최악의 국면에 들었겠지만 아무리 생각해도 이해할 수가 없었다.

'염사곤이 그의 목을 베었다고?'

순휘는 고개를 들어 그녀의 뒤편에서 무릎을 꿇고 예를 표하는 염사곤을 바라보았다.

적어도 막문겸을 상대했다면 부상을 입었어야 할 그가 멀쩡한 모습으로 왔다.

찢겨진 옷이 격렬한 전투를 벌였다는 것을 알려주었지만 안색을 보아선 내상은 전혀 없어 보였다.

'…염사곤이 아니다. 대체 누가 개입한 거지?'

순휘의 머릿속에 수많은 가정을 그려보아도 그림이 완성되지 않았다.

적어도 화경 이상의 고수가 개입한 것만은 확실했다.

그렇다면 검황에겐 자신들에게 숨겨놓은 또 다른 산하의 고수가 있을지도 몰랐다.

우드득!

그때 땅이 파이는 소리가 선명히 들려왔다.

칠성권왕 모유웅이 엎드린 상태에서 분노를 참지 못하고 손에 힘을 준 것이다.

그는 검문의 산하에 들어가기 전부터 막문겸과 막역지우(莫

逆之友)였다.

[…유웅, 여기서 화를 이기지 못하면 끝이네.]

순휘가 그에게 전음을 보내서 화를 달랬다.

그들과 다르게 막문겸의 수급을 바라보는 검황의 눈빛은 묘하기만 했다.

설유라가 그런 검황에게 말했다.

"검문을 배신하고 역모를 꾀한 막문겸의 수급을 가져왔습니다. 안양의 초입에 철호대의 시신도 있습니다."

검황의 눈이 이채를 띠었다.

그가 생각한 것 이상으로 검하칠위의 배신이 많았다.

눈앞의 세 명은 예전부터도 세력을 키워 나가는 등의 조짐이 있었기에 백타산 정벌대로 보냈는데 막문겸은 생각보다 의외였다.

"배신자라……."

검황이 입을 떼자 사방을 억누르던 위압감이 더욱 올라갔다.

"크헉!"

"쿨럭쿨럭!"

내공이 약한 검하칠위 산하의 무사들이 피를 토하며 쓰러졌다.

신기한 것은 검문 직속의 정예 무사들은 검황의 진기에 영향을 받지 않은 듯 영문을 모르겠다는 표정으로 쓰러지는 무사들을 바라보았다.

'세수가 환갑을 넘어가는 자가 아직도 강해지고 있다니… 이 분은 대체 한계가 어디란 말인가?'

순휘는 내심 감탄을 금치 못했다.

과거 검문의 산하로 들어가기 전에 검황과 겨뤄서 패했다.

그 당시의 검황의 무위는 막 현경에 오른 상태였는데, 지금은 완숙의 경지에 이르러 있었다.

'셋이 합공한다고 해도 승산이 없다.'

만약에 설유라가 막문겸의 수급을 가져오지 않았다면, 여차하면 승부를 걸 생각도 있었다.

하지만 이제는 정말로 승산이 없기에 오직 검황의 결정에 따라 목숨의 여부가 달렸다.

부웅!

그때 막문겸의 수급이 허공으로 떠올랐다.

검황이 손을 뻗자 설유라의 손에 들려 있던 푸른 검집에서 창천검이 뽑히며 그의 손으로 빨려들어 왔다.

설유라의 손에 들려 있을 때도 검에서 뿜어져 나오던 선기가 놀라웠는데, 검황의 손에 창천검이 들리자 그 기세가 범접하기 힘들 정도였다.

'아아아…….'

검황이 창천검을 휘두르자 막문겸의 수급에 눈으로 헤아리기 힘든 선이 생겨났다.

짧은 찰나에 눈을 감고 있던 막문겸의 머리가 재가 되어 사라졌다.

"검문에 배신자가 있을 곳은 없느니라."

검황의 의미심장한 말에 순휘를 비롯한 두 검하칠위의 심장이 격하게 뛰었다.

조금 더 신중하자는 순휘의 말을 들었어야 하나 내심 후회가 되었다.

그런데 예상외의 일이 일어났다.

바닥에 납작 엎드려 있던 세 검하칠위의 몸이 일으켜 세워졌다.

"아?"

"모유웅과 서문란도 가까이 오거라."

"네, 넵!"

검황의 부름에 의아함을 감추지 못한 그들이 어안이 벙벙해져 앞으로 부리나케 달려왔다.

검황의 앞에 선 그들은 차마 그와 눈을 마주치지 못하고 바닥을 내려다보았다.

그런 그들에게 들려온 것은 검황의 따뜻한 목소리였다.

"막문겸이 역모를 꾀한 것을 막기 위해 이렇게 검문으로 온 그대들의 노고를 치하하노라."

그들의 눈빛이 이채를 띠었다.

"사부님!"

그 말에 당황한 설유라가 이해할 수 없다는 표정으로 외쳤다.

그러자 검황이 그녀에게 손을 들며 나서지 말라는 표시를 했다.

대체 무슨 연유에서 검황이 그런 말을 하는지 이해할 수 없는 그녀는 결국 뒤로 물러섰다.

"본좌를 위한 그대들의 충성을 치하하노라. 고개를 들라."

다시 한 번 쐐기를 박듯이 그들을 칭찬하자 당황해하던 순휘와 모유웅, 서문란이 조심스럽게 고개를 들었다.

그러나 고개를 든 순간, 그들의 동공이 흔들렸다.

부드러운 목소리와는 달리 살기가 어린 차가운 눈동자가 그들의 심장을 꿰뚫었다.

"본좌는 배신이라는 것을 용서치 않는다. 그대들이라면 잘 알겠지?"

부들부들!

그들의 이마에서부터 얼굴 전체로 식은땀이 흘러내렸다.

떨리는 입술 사이로 대답조차 나오지 않았다.

"염사곤!"

"넵, 주군!"

설유라의 뒤에서 한쪽 무릎을 꿇고 대기하던 그가 대답했다.

그러자 검황이 흡족한 얼굴로 말했다.

"너에게 맹의 오백 명의 정예 무사를 맡기겠다. 막문겸이 맡고 있는 감숙 일가를 정리하고 그 일족을 씨도 남기지 말고 멸해라. 그리고 놈과 관련된 이들도 하나도 남김없이 정리해라."

"삼가 주군의 명을 받듭니다!"

막문겸과 관련된 모든 것을 지우라는 명령.

그것은 일종의 경고였다.

배신을 하게 된다면 그에 상응하는 대가는 반드시 치른다는 검황의 의지를 보인 것이다.

그것을 뼈저리게 느끼고 있기에 검하칠위의 삼 인은 두려움에서 벗어나지 못했다.

피의 숙청이 시작될 거라 여겼는데 생각과는 다르게 검황은 그들에게 살기 어린 경고와 함께 다시 청해의 곤륜파 일대로 돌아갈 것을 명했다.

단, 그들의 근거지에 있던 친인척 일가를 전부 무림맹 내로 옮길 것을 명했고, 이후로는 검하칠위 역시도 무림맹에 들일 수 있는 수하의 숫자를 반으로 줄였다.

검문 산하에서 가장 큰 위세와 자유를 누리던 검하칠위는 손발을 제압당한 개가 되어버리고 말았다.

모든 것이 어느 정도 정리가 되고 검문 내로 검황과 같이 들어가는 설유라가 도통 이해할 수 없다는 표정을 지으며 물었다.

"사부님, 저들도 검문을 배신했는데 이렇게 제재만 가하신 걸로 될까요?"

"허허허, 유라야, 걱정 말거라. 이 사부가 설마 그것을 모르겠느냐."

"네? 그런데 어째서……?"

"이 사부에게 다 생각이 있으니 걱정하지 말거라."

호언장담을 하듯이 말하며 그녀를 따스한 손길로 머리를 쓰다듬는 검황.

그를 바라보며 설유라는 걱정이 되지 않을 수가 없었다.

검문이 무림 정벌을 천명한 후로 처음 겪는 내부의 문제였기에 어떤 방향이 옳은 것인지 그녀에겐 너무도 어려웠다.

검문의 사층 접객실로 올라가자 그들을 맞이한 것은 검황의 이제자인 석금명이었다.

"이제자 석금명이 사부님을 뵙습니다!"

석금명이 한쪽 무릎을 꿇고 포권하자 검황이 고개를 끄덕였다.

그런데 검황의 그를 바라보는 눈빛이 설유라를 바라볼 때와 다르게 냉담하기 그지없었다.

'아, 사형에게 왜 그러시는 거지?'

여자 특유의 감인 것일까.

지금까지 검황의 부재를 대신해 무림맹을 운영해 온 석금명이기에 설유라는 의아한 마음이 들었다.

석금명이 그런 검황에게 씁쓸하게 미소 지으며 말했다.

"제자가 영민하지 못하여 사부님께서 이렇게 건재하심을 알아차리지 못했습니다."

"…그동안 본좌를 대신해서 맹을 운영하느라 고생이 많았다."

노고를 치하하는 말이었지만 그것은 마지못해서 나오는 말투에 가까웠다.

섭섭할 만도 했지만 석금명은 내색하지 않고 손사래를 쳤다.

"아닙니다. 제자의 능력이 모자라 이런 사태까지 일어났으니 어찌 잘 운영했다고 할 수 있겠습니까."

그의 겸손한 말에도 검황은 아무 말 없이 길게 늘어진 턱수염을 쓰다듬었다.

'말은 잘하는구나, 이놈.'

부상을 입지 않은 그는 이때까지 검문의 본 단 사층에서 집무를 보고 있는 석금명을 주시하고 있었다.

제자들 중에서 유일하게 속내를 밝히지 않는 석금명이다.

백타산 정벌에 나선 대제자인 종현이 서독황의 독에 중독되어 돌아왔다.

그의 독을 몰아내기 위해 심후한 공력을 쏟아 붓던 검황은 그것이 쉽지 않다는 것을 깨달았다.

실질적으로 그를 치료하기 위해서는 독을 해독시키는 방법 외에는 없다고 깨달았는데, 그러기 위해서는 계속해서 공력을 쏟아가며 중독 증상을 늦춰야 했다.

그런 와중에 검황은 한 가지 묘책을 생각하게 된다.

대제자 종현을 충분히 죽일 수도 있음에도 불구하고 그저 중독만 시켜서 보낸 서독황의 수를 역이용해 보자는 계책이었다.

'최대한 정보를 숨기고 백타산 정벌대를 보냈는데도 서독황 놈이 눈치챘다는 것은 내부에 적이 있다는 말이겠지. 과연 그 내부의 적이 누구일까?'

한번 생겨난 의심은 꼬리를 물고 늘어갔다.

검문의 후계자인 종현이 없게 된다면 대제자로 오를 수 있는 석금명과 여전히 검문 산하에서도 야욕을 감추지 않는 검하칠위.

가장 의심이 되는 것은 이제자인 석금명이었다.

종현이 중독되면서 검하칠위가 얻을 이익보다 석금명이 얻을 것은 차원이 달랐다.

검황은 이를 솎아내기 위해 중독된 척 연기를 하였다.

다행스럽게도 검황에 비해 무공이 떨어지는 석금명은 당연히 속을 수밖에 없었다.

이후로 검황은 검문 오층의 집무실에 틀어박혀 종현의 몸속에 독이 퍼지는 것을 심후한 공력으로 막아내는 한편 석금명의 움직임을 주시했다.

'하지만 검하칠위에서 이렇게 배신자가 많이 나올 줄이야.'

예상과 다르게 석금명은 이상할 정도로 의심스러운 부분이 나오지 않았다.

마치 의도한 것처럼 깨끗했다.

심지어 검황을 치료하기 위해 설유라를 시켜 약선을 데려오게 하는 등의 노력하는 모습마저 보였다.

'그런데 어째서 더더욱 이놈이 의심이 가는 거지?'

못마땅한 표정으로 쳐다보는 검황의 시선에도 석금명은 어떠한 흔들림도 없었다.

아무런 사정을 모르는 설유라만이 답답할 뿐이었다.

한참을 말이 없던 검황이 고개를 절레절레 흔들더니 석금명에게 말했다.

"본좌는 삼제자인 유라와 나눌 말이 있으니 그동안 제대로 쉬지 못한 너는 거처로 돌아가도록 하여라."

배려하는 것 같았지만 실상은 축객령이나 마찬가지였다.

"알겠습니다. 사부님의 명에 따르겠습니다."

석금명이 포권하고는 설유라에게 쓴웃음을 남기며 계단을 내려갔다.

그런 그를 설유라가 안쓰러운 눈으로 쳐다보았다.

그동안의 고생을 알아주지 않는 사부가 매정하게 느껴졌다.

석금명이 물러나자 검황은 기다렸다는 듯이 인자한 미소를 지으며 설유라에게 그동안에 있던 일들을 물었다.

한편.

근 몇 달 만에 검문의 본 단을 벗어난 석금명은 어느새 쏜살같이 북문에 있는 자신의 거처로 돌아왔다.

가족이 없는 그의 거처는 한동안 방치된 것치고는 깨끗했다.

석금명이 거처의 서재로 들어가 한가운데에 있는 누런 서책 한 권을 누르자 책장이 하나의 문처럼 옆으로 밀려났다.

숨겨진 암실로 들어가자 놀랍게도 계단이 드러나며 지하로 이어졌다.

지하를 따라 한참을 걷던 석금명이 어느 지점에 멈춰 서서 벽면을 일정한 간격으로 두드렸다.

툭! 툭! 툭!

그러자 어느새 어두운 그림자 속에서 한 복면인이 나타났다.

어두운 지하임에도 불구하고 복면인의 눈엔 붉은 안광이 선명하게 드러나 있었다.

석금명이 붉은 안광의 복면인에게 의미심장한 목소리로 말했다.

"계획은 실패했소."

48장

결렬된 협상

현 무림의 삼대 세력인 정사마(正邪魔)의 정벌을 이뤄낸 검문.

그런 검문조차도 내부의 잡음이 없을 순 없었다.

검문 산하의 현 무림 최강의 무인들이라 불리는 검하칠위의 반란으로 인해 무림맹은 상당히 어수선한 상태였다.

덕분에 무림맹 내부의 경계는 훨씬 강화되고 체계가 견고해지는 효과를 가져왔다.

그렇게 내부 문제가 발생한 지 불과 며칠 후.

검문 본 단 삼층 의료실의 침상에는 훤칠하면서도 짙은 눈썹의 중년 남자가 어두운 낯빛으로 누워 있었다.

중년 남자의 살색은 보통 사람보다도 어두운 납빛을 띠고 있었다.

납빛이 띠는 증상은 중독에 의한 것이다.

푸욱!

그런 중년 남자의 상체에 침을 꽂는 자가 있었으니 바로 약선이었다.

약선은 가슴에 피독주를 매고 천년잠사로 만든 장갑을 낀 채 신중한 표정으로 시침 중이었다.

조금만 실수를 해도 지독한 독기가 빠져나오는 통에 온몸이 식은땀으로 젖어 있었다.

한철로 만든 약선의 침이 중년 남자의 살을 파고들고 얼마 지나지 않아 검게 물들 만큼 독기가 보통을 넘어섰다.

한참을 시침하던 약선이 자리에서 일어나 침상을 두르고 있는 천막을 나왔다.

독에 중독된 탓에 천막으로 경계를 해놓은 상태였다.

"으으……."

탁!

워낙 심력을 쏟은 탓에 어지러움을 느끼고 비틀거리는 약선을 누군가 부축했다.

백발, 백염과는 별개로 강렬한 인상을 가진 검황이었다.

검황이 어지러움으로 쓰러질 뻔한 약선을 부축해서 의료실의 한쪽 편에 있는 의자에 앉혀주었다.

"백 공, 괜찮소이까?"

약선 백오의 본명을 알고 있는 검황이다.

이마에 흘러내리는 식은땀을 닦아내며 약선이 고개를 끄덕였다.

"나이가 들어서 체력이 많이 약해졌나 보오."

"백 공께는 참으로 감사할 따름이오. 위험을 무릅쓰고 제자의 해독에 나서줘서 정말 감사하오."

검황이 진심으로 감사한다는 듯이 목례를 했다.

약선이 손사래를 치며 말했다.

"허어, 의원으로서 환자를 치료하는 것은 당연한 일인데 왜 그러시오."

다만 이곳까지 오면서 벌어진 수많은 일이 약선을 피곤하게 했을 따름이다.

벌써 세 번의 죽을 고비를 넘겼으니 말이다.

설유라를 통해 절곡에서의 일을 비롯해 많은 정보를 듣게 된 검황이다.

그가 중독된 연기를 한 사이에 무림에는 상당히 많은 일들이 벌어졌고, 그의 흥미를 이끈 이들도 있었다.

"제자의 상태는 어떻소?"

"며칠 더 시침으로 독기를 뽑아내는 과정이 지나면 약과 병행할 참이오."

"차도는 있는 것이오?"

검황의 걱정 어린 질문에 약선이 빙그레 웃으며 답했다.

"어느 정도 큰 위기는 넘겼소. 다만 워낙 중독된 지 오래되어서 완전히 해독시키려면 한 달 정도의 시간이 필요하오."

치명적으로 퍼진 독은 시침으로 독기를 제어한 상태였다.

약선은 그 며칠 사이에 독을 분석해서 해독약을 만들고 있었다.

근육 등에 퍼진 독은 시침질로 빼내고 있었지만 약을 통해 오장육부로 퍼진 독기를 해독해야 했다.

"고생하셨소. 백 공의 그 말을 들으니 속이 뚫리는 것 같구려."

"별말씀을."

겸손하게 답하는 약선의 머릿속에는 다른 생각이 깃들고 있었다.

며칠 사이에 약선은 무림맹으로 입성해 여러 면으로 살폈으나 특이점을 발견하지 못했다.

예전에 왔을 때와 전혀 다를 바가 없었다.

'정말 검문이 은공의 말대로 혈교와 연관성이 있는 것일까?'

완전히 없다고 하기에는 돌아가는 정황을 보아 미심쩍은 것이 한두 가지가 아니었다.

하지만 내부에서 지켜본 검문은 전혀 이상한 점이 포착되지 않았다.

이런저런 이야기를 하던 차에 검황이 문득 뭔가를 떠올렸는지 약선에게 물었다.

"아! 그런데 백 공과 함께 온 그 의원 처자는 보이지 않구려."

검황이 가리키는 사람은 바로 현화단의 부단주인 약연이었다.

그의 보조를 해줄 의원으로 무림맹에 입성한 그녀는 며칠 전만 하더라도 약선이 치료를 하는 동안 곁에 붙어 있었다.

며칠 동안 치료를 하는 내내 모습을 드러내지 않던 검황이 공교롭게도 그녀가 자리를 비운 사이에 약선을 찾아온 것이다.

'허어, 이것 참 난감하구나.'

그가 알기로 약연은 검문 내를 살피고 있는 것으로 알고 있었다.

그런데 그것을 곧이곧대로 얘기하면 어떤 사달이 벌어질지는 뻔할 뻔 자였다.

"허허허, 그, 그러게 말이오. 실은 며칠 동안 쉬지 않고 밤새 노부와 같이 해독약을 연구하느라 고생해서 오늘 하루는 쉬라고 했소."

원체 살면서 거짓말을 하지 않던 약선인지라 어색하기만

했다.

그의 말에 검황이 잠시 의아한 표정을 짓다가 이내 웃으면서 고개를 끄덕였다.

"하긴 쉬어가면서 일하지 않으면 몸살이 날 수도 있겠네그려. 그런데 이렇게 백 공 혼자 고생하는 것이 안쓰럽구려."

'그대가 지켜보는 것이 더 힘들다오.'

약선의 입장에서는 검황이 지켜보는 것이 더욱 신경 쓰였다.

그렇게 한참 대화를 하는 차에 검문의 삼층 계단으로 올라온 이가 있었다.

'오오, 저자는?'

약선의 눈이 이채를 띠었다.

원래의 성별과 다르게 겉보기에는 예쁜 소녀와도 같은 모습의 모용월야였다.

'제, 젠장…….'

검문 삼층으로 올라온 모용월야가 쭈뼛거리며 어쩔 줄 몰라 했다.

며칠 동안 무림맹 동문에 있는 설유라 숙소의 객실에서 휴식을 취하던 그는 검황의 부름을 받고 검문 본 단으로 온 참이었다.

아무리 광기로 가득 찬 세월을 보낸 모용월야라고는 하나 현 무림에서 정점이라 불리고, 오황의 일인인 검황을 볼 생각을 하니 여간 긴장되지 않을 수가 없었다.

모용월야가 고개를 숙이며 포권을 취했다.

"무, 무림 말학인 모용가의 장자 모용월야가 무림맹의 맹주님을 뵙습니다."

심지어 말을 더듬는 모습마저 보였다.

이것을 설유라가 보았다면 의외라며 비웃었을지도 모른다.

긴장하는 모용월야의 모습에 검황이 이채를 띠며 그에게로 다가갔다.

탁!

그의 어깨에 손을 얹은 검황이 인자한 미소를 지으며 말했다.

예법에는 그리 맞지 않았으나 워낙 긴장한 그를 풀어주기 위함이었다.

"허허허, 이렇게 모용세가의 자제 분을 보게 되니 참으로 반갑네그려."

'…강하다.'

손이 맞닿자 자신도 모르게 전기가 통하는 것처럼 찌릿했다.

그것은 천마로 인해 열린 원영신 탓이었다.

현경의 경지인 검황은 가진 기운을 잘 갈무리하고 있었지만 그와 접촉하면서 그 거대한 기운의 일부를 느낄 수 있었다.

'그자와 비교한다면 과연 누가 강할까?'

예전이라면 당연히 오황인 검황의 손을 들어주었을 것이다.

하지만 갈수록 끊임없이 강해지는 천마를 보면서 그의 한계가 궁금해졌다.

잠시 의문이 든 모용월야는 이내 떨리는 목소리로 답했다.

"가, 감사합니다."

"내 제자인 유라에게 많이 들었네. 그동안 아무런 대가도 없이 그 아이를 따라 많은 일을 해주었다고 하던데, 오히려 본좌가 감사해야지."

설유라는 반년 넘게 자신을 따라다니며 고생해 준 모용월야가 고마웠다.

무언가 보상을 해주고 싶었는데 자신보다는 사부인 검황을 만나게 해주는 것이 가장 큰 치하가 아닐까 생각했다.

"허허허, 유라에게 듣지 않았다면 자네를 모용세가의 처자로 알 뻔했네."

"처, 처자?"

"워낙 어여쁜 외모 덕에 말일세, 허허허."

아니나 다를까, 검황의 입에서도 그를 여자로 오인했다는 말이 나오자 모용월야의 표정이 살짝 일그러졌다.

그나마 압도적인 존재인 검황의 앞인지라 광기가 도지진 않았다.

바보가 아닌 이상 그가 어찌해 볼 수 없는 존재임은 정확히 인지하고 있었다.

"모용가에는 본좌가 작은 성의를 보냈네."

"네? 작은 성의라면……?"

"쌀 오백 섬과 금자 천 냥을 보냈다네. 그동안 자네가 해준 것에 비하면 모자랄 수도 있겠지만 본좌의 작은 성의일세."

"매, 맹주님께 진심으로 감사드립니다."

모용월야가 한쪽 무릎을 꿇고 포권을 취하며 다시 한 번 예를 표했다.

작은 성의치고는 상당한 보상이었다.

자신이 의도한 바는 아니었지만 혈교의 농간으로 광기로 가득 찬 세월을 보내며 가문에 뭔가를 한 것 같다는 생각에 내심 뿌듯해졌다.

그러던 차에 삼층으로 급하게 올라오는 사내가 있었다.

무림맹의 무사복을 입은 사내로 급한 전보를 가지고 온 것이다.

"맹주님, 급한 전보입니다."

여간해서는 검황이 집무실에 있는 것이 아니라면 전보를 미루지만 이렇게 가져온 것을 보면 급한 사안인 듯했다.

[기밀 전보인가?]

검황의 전음에 전보를 가져온 무사가 고개를 저었다.

기밀 전보가 아니라는 것은 타인이 알더라도 특별히 문제 될 게 없다는 의미이다.

검황이 잠시 고민하더니 그에게 전보를 고하라 말했다.

"하남성의 소림사에 동검귀가 나타나 백팔나한진과 겨뤘다고 합니다."

"뭣이라?"

동검귀라는 말에 검황의 인상이 굳어졌다.

반면 가만히 듣고 있던 약선은 내색하지 않고 생각했다.

'정말 소림에 녹옥불장을 가지러 갔구나. 허어…….'

약간 반신반의한 부분이다.

아무리 오황의 일인이자 현경의 고수라고 하더라도 무림의 태산북두라 알려진 소림사의 신물을 단신으로 빼앗는다는 것은 어불성설에 가까웠다.

그런 약선과 달리 검황은 다른 의미에서 놀란 것 같았다.

"허허, 동검귀가 움직였다……."

검문이 무림 정벌에 있어서 유일하게 손을 대지 못한 세 지역 중 한 곳이 바로 상해였다.

여건상으로 정벌 자체가 힘들고 세력을 갖춘 것이 백타산과 북해빙궁이다. 그와 달리 강서성 작은 변방의 귀퉁이에 불과한 어촌 마을을 벗어나지 않는 동검귀의 기이한 행적에 크게 신경 쓰지 않던 그다.

동검귀는 단독으로 행동했고, 이상할 만큼 상해를 벗어나지 않았기에 무림 제패의 길을 걷는 검황에게 있어서는 감사한 존재였다.

그런 감사한 존재가 처음으로 상해 지역이 아닌 다른 곳에서 모습을 드러냈다.

그것도 무림의 태산북두라 불리는 소림사에서 말이다.

'동검귀가 무림에 출두했다면 이 사안은 절대로 가벼이 여길 수가 없겠구나.'

무림 정벌에 있어서 또 하나의 변수의 등장을 반길 수가 없는 검황이다.

그 무렵.

광서성과 광동성 사이에 자리 잡고 있는 십만대산의 마교.

마교를 다시 탈환한 교주 천극염은 빠른 속도로 교를 안정화시켰다.

대부분의 반대 세력이 제거되거나 마교를 나간 상황이었기에 교를 재건하는 데는 큰 어려움이 없었다.

단지 문제가 있다면 그것은 여전히 건재한 남마검 마중달이었다.

무림맹과 상충시킬 목적으로 그의 여식인 마연화를 인질로 천나연과 천마검을 찾아올 것을 요구했다.

그런데 예상과는 다르게 마중달은 어느새 천나연의 신변을 확보했다.

더군다나 무림맹과의 충돌도 없었기에 그 세력은 여전히 멀쩡히 호시탐탐 마교와의 일전을 준비 중이었다.

사태가 급박해져 오는 상황이었기에 오황인 마중달을 상대하기 위해서는 절대적인 고수인 천마가 필요했다.

"조사님께서는 대체 언제쯤 오시려는 것인지……."

조급해지는 것은 기다리는 마교의 수뇌부와 교주인 천극염이었다.

한창 마교 내 대전에서 마중달의 제안에 관해서 대책 회의를 하던 차에 전보가 들어왔다.

"그, 급보입니다!"

전보를 가지고 온 무사가 다급한 목소리로 알렸다.

"무슨 일이냐?"

"지금 교의 입구에 외인이 출입을 요청했습니다."

"그게 무슨 큰일이라고 난리법석을 피우는 것이냐?"

그들에게 급한 사안은 외인의 출입 요청이 아니라 남마검 마중달에 관한 대처였다.

그런데 전보를 전하는 무사의 다음 말에 모두의 표정이 달라졌다.

"하나 추, 출입을 요청한 것이 동검귀입니다!"

"뭐? 도, 동검귀?"

오황의 일인이자 동무림의 절대자라 불리는 동검귀가 마교로 현신했다.

마교의 대전 문이 열리며 죽립을 쓴 중년의 남자가 들어왔다.

그는 등에 철갑을 둘러메고 있었는데 그 모습조차 범상치 않게 느껴졌다.

대전 내에 앉아 있는 수뇌부의 얼굴에 긴장감이 감돌았다.

무림에서 명성이 자자하면서도 그 모습을 드러내지 않던 동무림의 절대자가 마교로 입성한 이유가 무엇인지 궁금했다.

만약에 출입을 요청한 그가 천마가 들고 다니는 신표를 갖고 있지 않았다면 마교 내로 들이지 않았을 것이다.

대전으로 동검귀 성진경이 들어서자 천극염이 자리에서 일어나 가볍게 포권하며 인사했다.

"이렇게 오황 중 일인인 동검귀를 뵙게 되어 영광이오. 본좌는 신교의 교주를 맡고 있는 천극염이라 하오."

고개를 숙인 것은 아니었지만 그야말로 파격적인 대우였다.

교주인 천극염이 일어났는데 다른 수뇌부가 앉아 있을 수 없었다.

직위가 개편되면서 일 장로의 직위로 오른 탈마도 오맹추를 비롯한 이 장로가 된 오 장로와 각 지부에서 명성을 날리던 새로운 장로들도 자리에서 일어나 포권을 취했다.

"반갑소이다!"

"명성은 익히 들었습니다."

가만히 인사를 받던 진경 역시도 조용히 양손을 모아 포권했다.

"성진경이라 하오."

사람의 인식이라는 것은 가끔 간사할 때가 있다.

그의 유명세와 알려진 무위는 가벼운 인사를 건네는 것마저도 묵직하면서도 중압감을 느끼게 만들었다.

'과연 오황 중의 일인답구나!'

수뇌부가 모두 감탄하면서 지켜보는 사이에 천극염이 대전 내의 자리 중 하나에 앉기를 권했다.

진경은 자연스럽게 권한 자리에 앉았다.

자리 옆으로 등에 메고 있던 철갑을 내려놓았는데 손을 떼지 않고 있었다.

시녀들이 들어와 대전의 탁자에 뜨거운 차를 비롯한 약과 등을 내려놓았다.

"자, 그럼 동무림의 절대자께서 어찌 본 교에 방문했는지 여쭤봐도 되겠소?"

얼추 자리가 마련되자 입을 뗀 것은 천극염이었다.

천마에게 준 신표를 가지고 왔다는 것은 틀림없이 그와 어떠한 관련이 있으리라 여겼다.

진경이 머리에 쓰고 있던 죽립을 탁자에 올려놓았다.

'허어…….'

다부진 눈매와 강한 인상, 그리고 인고의 세월을 보낸 듯 깊은 눈빛, 그러면서도 강자 특유의 오만함보다는 경계심을 늦추지 않는 그의 모습은 천극염으로 하여금 내심 감탄을 금치 못하게 했다.

"본인은 주군의 명을 완수하고 이곳으로 오게 되었소."

"주군?"

군관들이 쓸 법한 말투에 뜬금없이 주군이라는 말에 모두 의아한 표정이 되었다.

오황 중의 일인인 동검귀에게 주군이 있다는 말은 무림에서도 알려지지 않은 정보였기에 천극염 역시도 인상을 찌푸리며 현화단의 단주인 매선화를 바라보았다.

그녀 역시도 동검귀에 관한 정보는 거의 알지 못했기에 조용히 고개를 저었다.

"주군이라 하면……?"

"이 신표의 주인이시오."

진경이 탁자 위로 금색에 붉게 천(天)이라 새겨진 패를 내려놓았다.

그것은 천마가 마교 밖으로 출타할 때를 위해 천극염이 준

신분패였다.

원래 검은색에 붉게 '천(天)'을 새겨놓은 것은 교주인 자신을 상징하는 패였지만 교를 세운 시조인 만큼 예우를 갖춰서 만든 물건이었다.

"…공께서는 그 신표의 주인이 누구인지 알고 있소?"

천마의 정체는 무림에는 전혀 알려지지 않은 마교의 극비사항이었다.

천극염이 이 질문을 하는 의미는 천마의 진정한 정체를 알고 있느냐는 의미였다.

"주군께서는 천마신교의 창시자이자 마도의 종주라고 하더이다."

진경의 차분한 말과 달리 대전 내 수뇌부의 표정은 가관이 아니었다.

"허어! 조, 조사님이 주군이라니?"

"이게 대체 어찌된 일인지……!"

대전이 소란스러워지고 여기저기에서 탄성이 나왔다.

다른 사람도 아니고 오황의 일인을 수하로 거뒀다는 말이 아닌가.

천극염 역시도 전혀 예상치 못한 일에 놀랐는지 잠시 할 말을 잃고 말았다.

천마의 기행이 유별나고 남다르다는 것은 알고 있었지만 설마 이런 절대 고수를 손에 넣을 거라고는 예상하지 못했다.

'역시 조사님은…….'

비록 천마가 천 년의 세월을 뛰어넘어 부활했다고는 하나 여전히 검문 천하 아래에서 절세적인 고수가 부족한 것은 사실이었다.

한데 이렇게 동검귀를 수하로 거뒀다니 천군만마를 얻은 것이나 마찬가지였다.

천극염이 앉아 있던 자리에서 다시 일어나 포권을 취했다.

"동무림의 절대자께서 이렇게 본 교에 가입한 것을 진심으로 환영하는 바이오!"

그의 얼굴에서는 기쁨과 흡족함이 흘러넘쳤다.

수뇌부 역시도 뜻밖의 일에 기쁜 마음을 감추지 못했다.

하지만 다음에 진경의 입에서 나오는 말은 그 기쁨을 수그러들게 만들었다.

"미안하지만 본인은 천마신교에 가입한 것이 아니오."

"아? 방금 뭐라고 하셨소?"

"본인은 천마 공을 주군으로 모신 것이지 이곳에 가입한 것이 아니라고 말한 것이오."

천극염의 기뻐하던 얼굴에 금이 그어졌다.

생각해 보니 천마를 주군으로 모셨다고 했지 마교 가입 여부에 대해선 언급조차 없었다.

"아니, 조사님을 주군으로 모시고 마교에 가입하지 않겠다니 대체 그게 무슨 소리요?"

새로운 육 장로에 임명된 운남 지부장을 맡은 복마권 태윤이 어이가 없다는 듯이 따졌다.

그런 그의 항의에도 불구하고 진경의 얼굴에는 흐트러짐조차 없었다.

씩씩거리는 태윤에게 진경이 조용한 목소리로 답했다.

"주군께서 먼저 제의하신 것이오."

"주군? 조, 조사님께서 말이오?"

천마가 직접 제의했다는 말에 육 장로 태윤이 꿀 먹은 벙어리가 되고 말았다.

다른 사람도 아니고 천마가 왜 그런 제의를 했단 말인가.

천극염 역시도 이해가 가지 않는 표정으로 물었다.

"조사께서 어찌 그런 제의를 했는지 혹시 공께서는 알고 계시오?"

"…주군께서는 그것이 마교를 위함이라고 하셨소."

웅성웅성!

진경의 알 수 없는 말에 대전이 소란스러워졌다.

마교를 위한다면 현 상황에서는 오히려 오황 중의 일인인 동검귀의 가입이야말로 남마검을 비롯한 검문에서도 함부로 손을 뻗지 못할 만큼 견고한 체계를 구축하게 된다.

태상교주 시절의 절대적 영향을 미치던 마교로 돌아갈 수 있는 기회를 어째서 천마는 뿌리친 것일까?

[교주님.]

[매 단주?]

당혹스러워하는 천극염의 귀로 현화단의 단주인 매선화의 전음이 들려왔다.

전음을 듣던 천극염의 표정이 점차 안정되어 가더니 이내 뭔가를 정했는지 입을 열었다.

"조용!"

그의 짧은 한마디에 소란스럽던 대전이 조용해졌다.

대전이 정숙해지자 천극염이 말을 이어갔다.

"동검귀께서 어떠한 결정을 내리든 분명 조사님의 사람인 것은 틀림없네. 그렇다면 본 교에서는 그에 합당한 대우를 해 드려야 할 걸세."

그의 말이 끝나자 천극염의 자리 뒤편에 서 있던 우호법이 말했다.

"분부대로 거행하겠습니다."

잠시 말이 없던 대전 내의 수뇌부들이 동시에 입을 열었다.

"분부대로 거행하겠습니다!"

의외로 논란이 일 거라 여겼는데 교주의 한마디에 일사천리로 모두가 받아들였다.

남마검 마중달이 부교주로 있던 시절과는 비교가 되지 않을 만큼 체계가 잡히고 교주의 실권이 강화된 것이다.

"금일 대전 회의는 이것으로 마치겠네."

"충!"

천극염의 선포가 끝나자 수뇌부들이 고개를 숙여 답하고 대전을 빠져나갔다.

우호법이 나서서 진경을 교 내의 객당으로 안내했다.

모두가 대전을 나가고 남은 사람은 교주인 천극염과 현화단주인 매선화뿐이다.

정적만이 남은 대전에 먼저 입을 뗀 것은 천극염이었다.

"정말로 조사 어른의 의중이 그렇다고 생각하나?"

"속하가 어찌 교의 최고 어른이신 조사님의 의중을 함부로 짐작하겠나이까? 단지 조사님께서는 분명 교주님을 배려하신 것으로 생각됩니다."

"본좌를 배려하셨다……."

지금은 최대한 겸손하게 말했지만 매선화가 전음으로 한 말은 단 한 마디였다.

[마중달과 같은 사태를 막기 위함인 것 같습니다.]

남마검 마중달은 외부인이면서 처음으로 마교에 부교주로

초빙된 인물이었다.

처음에는 큰 힘을 얻었다고 하여 기뻐했지만 반란을 비롯해 마교의 힘을 역대 최고로 약화시킨 장본인이기도 했다.

천마의 말대로 동검귀가 그를 주군으로 모셨지만 교주인 천극염은 아니었다.

만약에 태상교주 때와 마찬가지로 천마가 부재했을 경우 동검귀가 마교에 협조적으로 나올지는 아무도 모를 일이었다.

그렇기 때문에 천극염은 순순히 동검귀를 객으로 선을 그은 것이다.

"본좌의 힘이 부족해서인가."

하지만 기분이 씁쓸해지는 것은 어쩔 수가 없었다.

들이켜는 차의 맛이 마치 쓴 독주처럼 느껴졌다.

그런 천극염을 바라보며 매선화가 빙그레 웃으면서 말했다.

"교주님께서는 더욱 강해지시고 있습니다. 부디 조급하게 생각지 마시옵소서."

"크큭, 본좌에게 이리 쓴 간언을 가볍게 던지는 것도 오 장로… 아니, 이 장로나 그대뿐일 걸세."

매선화의 호기로움에 천극염의 입가로 미소가 감돌았다.

천마에게조차도 두려움 없이 조언하는 그녀였기에 교주인 그에게 하는 것이 두려울 리가 없었다.

"교주님, 그렇다고 해도 동검귀가 객으로 있다는 정보도 충분히 이용할 수 있습니다."

"후후, 그건 그렇지."

천극염 역시도 동의하는지 고개를 끄덕였다.

설사 그의 수중으로 오황의 일인을 얻진 못했어도 교 내에 동검귀가 있다는 정보를 흘리는 것만으로도 함부로 움직이지 못할 세력이 많았다.

가령 현재 마교에 있어서 가장 큰 위협이 되는 남마검 마중달의 세력이 그러했다.

이날 저녁.

광동성에서 중원으로 가는 입구인 소관의 단하산 근처 단하장원.

단하장원의 거처 회의실에는 마중달 일파의 수뇌부가 긴급 회의를 하고 있었다.

그것은 예상지 못하게 날아온 급보 때문이었다.

회의실의 상석에 앉아 심기가 불편해진 마중달을 바라보며 수뇌부는 입을 열지 못했다.

"동검귀라……."

그것은 오황의 일인인 동검귀에 대한 정보 때문이었다.

마중달 세력의 모든 정보의 귀와 눈은 전부 마교로 맞춰져 있는 상태였다.

의외로 현화단에서 마교 내부로 들어오는 세작들을 잘 차단하고 있었기에 외부의 정보에 초점이 맞춰져 있었다.

"정말 동검귀가 마교로 입성한 것이 틀림없나?"

회의실 한편에 서 있는 급보를 전달한 무사가 고개를 끄덕이며 답했다.

"틀림없습니다. 소림에 나타났던 인상착의와 동일합니다."

동검귀 진경이 상해에서 활동할 당시에는 인상착의가 알려지지 않았다.

왜냐하면 진경이 무인이라고 생각되는 자들은 족족 없애 버렸기 때문이다.

그러나 외부의 손님이 많은 소림에 모습을 드러내면서 그의 인상착의는 전 무림에 퍼져 나간 상태였다.

"불과 보름 전에 소림에 있던 작자가 마교로 가?"

지략이 밝고 심중이 깊은 마중달조차도 연관성을 짐작하기 힘들었다.

아무리 생각해도 동검귀는 마교와는 어떠한 관련도 없는 자였다.

무림 정벌에 불을 켜고 나서는 검문조차도 무림에 관심이 없는 동검귀는 내버려 뒀을 정도로 모두가 신경을 끄고 있던 자가 등장하니 그야말로 판도가 달라졌다.

마승이 죽으면서 자연스레 그의 오른팔이 된 좌호법 노양주가 말했다.

"만약에 동검귀가 신교에 가입한 것이라면 원래의 계획을 수정하셔야 할 것 같습니다."

"후우……."

노양주의 말처럼 이대로는 원래의 계획을 진행할 수가 없게 되어버렸다.

마중달은 마교에 보낸 서찰대로 최대한 빠른 시일 내로 마교와의 협상을 진행해서 여식인 마연화를 되찾을 생각이다.

딸을 되찾는 순간 그 부수로 교주인 천극염의 목을 베어 그분께 사죄의 선물로 바칠 생각이었다.

'동검귀라……'

직접 나선다면 마교가 재탈환될 때와 같은 사태가 일어나지 않게 할 자신이 있었다.

그런데 같은 오황이 개입된다면 천극염에게 손을 대기 힘들어진다.

한참 고민에 잠겨 있던 마중달이 입을 열었다.

"…계획대로 마교와의 협상을 진행한다."

"네?"

마중달의 결정에 좌중의 수뇌부가 이해할 수 없다는 듯이 반문했다.

정말로 계획대로 진행한다면 마중달이 동검귀와 생사의 대결을 펼쳐야 할지도 모른다.

수뇌부가 몇 번이나 그를 만류했으나 그 결정에는 변함이 없었다.

'대체 이렇게까지 서두르시는 이유가 뭐지?'

그의 오른팔인 노양주조차도 그 연유를 도통 이해할 수 없었지만 주군의 명이기에 받아들여야만 했다.

그리고 대망의 협상 일이 하루 앞으로 다가왔다.

마교의 대전에서 수뇌부가 모여 심각하게 회의를 하고 있다.

현화단의 지부에서 알린 것과 달리 상해에서 출발했다는 천마가 아직까지 도착하지 않고 있었다.

그의 이동 경로나 속도를 보면 분명 며칠 전에 도착했어야 하지만 여전히 소식조차 없었다.

이 장로가 자못 심각해진 목소리로 말했다.

"허어, 이를 어찌한단 말이오? 협상에 조사님께서 계시지 않으면 안 될 터인데……."

그들의 우려하는 바는 인질 협상에 있었다.

마중달의 여식과 식솔들을 소공녀인 천나연과 교환하기로 협의했다.

그것이 내일 정오에 마교와 마중달의 거처인 단하산의 가운데 지점에서 보기로 되어 있었다.

단순하게 본다면 서로가 인질 교환을 하고 끝날 문제였다.

하지만 그 이면에는 분명 양극 간의 부딪침이 존재할 것이 자명했다.

"마중달이 나선다면 이쪽에서는 막아낼 고수가 없지 않소."

그것이 가장 큰 문제였다.

오황의 일인이자 현경의 고수인 마중달은 중원에서 다섯 손가락 안에 꼽히는 고수였다.

그런 절대적인 고수가 마음만 먹으면 교주인 천극염을 비롯해서 장로들의 목을 베는 것은 일도 아니었다.

적어도 화경의 고수가 열 명이 있다면 협공을 해볼 만하지만 천극염을 비롯해서 일 장로 탈마도 오맹추와 섬서성 지부에서 올라온 삼 장로 마태도 벽영뿐이었다.

대안책으로 마중달을 상대하려면 적어도 같은 오황급이거나 조사인 천마가 있어야 했다.

대전 안의 공기가 무거운 것은 이러한 연유에서였다.

가만히 수뇌부의 의견을 듣고 있던 소교주 천여휘가 조용히 입을 뗐다.

"저… 동검귀인 성 대협을 움직이는 것은 어떻겠습니까?"

"크흠."

천여휘의 의견에 좌중의 수뇌부는 아무 대답 없이 신음성을 흘렸다.

그들 역시도 같은 생각을 하고 있었지만 실질적으로 객에 불과한 동검귀를 움직일 방법이 없었다.

그는 천마의 직속 수하나 마찬가지여서 그의 명령에만 움직인다.

심지어 교주인 천극염조차도 체면상 외인인 그에게 부탁하는 것이 그림에 맞지 않았다.

"소교주의 의견도 일리가 없진 않습니다."

모두가 입을 다물고 있을 때 현화단의 단주 매선화가 동의했다.

현재로서는 천마가 제 시간에 마교에 도착하지 않는다면 사태를 해결할 길이 없었다.

이에 일 장로 오맹추가 고개를 저으며 말했다.

"하나 그렇게 하려면 성 대협에게 부탁해야 하는데, 조사님의 명령이 아니니 과연 들어줄지도 확실하지 않고……."

"아뇨. 그것은 조사님이 아니더라도 방법이 있습니다."

그 말에 모두가 이채를 띠었다.

가만히 수뇌부 회의를 지켜만 보고 있던 천극염이 궁금하다는 눈빛으로 물었다.

"방법이 있다니… 정말 가능한가?"

"확실하진 않지만 저희 현화단이 지금까지 알아낸 정보가 어느 정도 들어맞는다면 가능할 것 같습니다. 제게 맡겨주십시오."

확신에 찬 매선화의 말에 천극염이 잠시 고민하더니 고개를 끄덕였다.

대체 무슨 수로 동검귀를 움직일 수 있는지 모두가 의아해 했지만 일단은 결과를 지켜보기로 했다.

마교의 서쪽 편에는 죄수들을 가두는 뇌옥이 있었다.

마교 내에서도 가장 흉악한 죄수들과 반란을 꽤한 무리를 가둔 곳이다.

이곳은 교주의 거처를 제외하면 가장 경비가 삼엄한 곳이었는데, 그 앞을 서성이는 한 백색 의복을 입은 여인이 있었다.

그녀는 바로 약선의 수양딸인 백양이었다.

뭔가가 든 주머니를 가지고 뇌옥의 입구에서 한참을 망설이던 그녀가 결심했는지 뇌옥지기 무사들에게 다가갔다.

챙!

백양이 다가오자 무사들이 들고 있던 창을 교차하며 앞을 가로막았다.

"이곳은 출입 금지 지역이다. 물러나라."

"죄, 죄송합니다."

무사들의 매서운 눈빛에 기가 죽은 그녀가 고개를 숙였다.

평화로운 상해 어촌 마을에서 지내온 그녀에게 이들은 지옥 수라와도 같았다.

마교 출신의 무사들은 강자존의 법칙에 적응해 왔기에 대다수가 얼굴에 흉터며 험악한 인상을 가진 자들이 많았다.

그녀는 그런 험악한 인상의 무사들에게 말을 붙이는 것조차 힘들었다.

기가 죽어서 고민하던 그녀가 용기를 내서 말을 꺼냈다.

"저, 정말 죄송한데… 혹시 뇌옥의 죄수 중에 유백이라는 자가 있지 않나요?"

"알려줄 수 없소."

매몰차게 돌아오는 말에 그녀는 울상이 되었다.

백양이 가지고 온 보따리에는 오전에 숙수에게 부탁해서 만들어온 음식이 들어 있었다.

비록 자신에게 상처를 준 남자이지만 그 정이 쉽게 잊히는 것이 아니었다.

"혹시 이 보따리의 음식만이라도 전해주실 순 없는지……."

눈앞에 뇌옥지기들이 무섭기는 했지만 이왕 칼을 뽑았으니 무라도 베야 하지 않겠는가.

그런 그녀의 말에 뇌옥지기들이 어이가 없다는 듯 눈을 부릅뜨고 말했다.

"물러나라 분명 경고했소."

"이 이상 다가온다면 적으로 간주하고 추포하겠소."

두 뇌옥지기가 교차한 창을 풀고 창끝을 백양에게로 향했다.

더 이상 자극했다가는 위험할 거라 판단한 그녀는 결국 뇌옥을 벗어나야 했다.

몸을 돌리려는 그녀의 귓가로 고혹적인 목소리가 들려왔다.

"창을 내려라."

"앗?"

"현화단주님!"

목소리의 주인은 다름 아닌 현화단주 매선화였다.

뇌옥지기들이 다급히 창을 내리고 고개를 숙여 예를 표했다.

현화단의 단주인 그녀는 정보만이 아니라 뇌옥을 담당하는 책임자이기도 했다.

"교의 손님께 무슨 버릇없는 짓이냐?"

뇌옥지기로서의 역할을 다한 무사들이었기에 당황스러웠지만 단주인 그녀의 다그침에 뇌옥지기들은 어쩔 수 없이 사죄했다.

"죄, 죄송합니다."

"본녀에게 하지 말고 여기 백 소저에게 하도록."

매선화의 말에 우물쭈물하던 뇌옥지기들이 마지못해 백양에게 고개를 숙여 사죄했다.

매섭게 노려보는 매선화의 눈치가 보였기 때문이다.

"아, 아니에요. 저한테 죄송할 것까지야……."

백양이 놀라서 손사래를 쳤다.

그녀도 눈치가 없는 여자가 아니었다.

죄인을 가두는 뇌옥에 외인이 출입할 수 없다는 것은 교인들에게 들어서 잘 알고 있었다.

그런 백양을 향해 매선화가 빙그레 웃으며 말했다.

"손님이신데 많이 당황했죠, 백 소저?"

"아… 아, 네."

대답을 하면서도 백양의 눈에는 경계심이 가득했다.

여자의 감이라고 해야 할까.

매선화의 웃는 모습에서 무언가 꿍꿍이가 있다는 것을 본능적으로 감지했다.

"뇌옥 안의 죄수가 백 소저와 약선을 감시하며 속인 자라고 알고 있는데 아니었나요?"

"그, 그건… 맞아요."

뭔가 부정하기에는 진실이었다.

매선화는 천마가 전한 서찰을 현화단 지부를 통해 받았기에 어느 정도 전후 사정을 알고 있었다.

천마에게 온 서찰에는 유백이라는 혈교인과 백양의 관계를 이용해서 혈교에 대한 정보를 캐라는 명령까지 있었다.

백양이 현화단의 단원들과 마교로 입성한 지 얼마 되지 않았기에 시일을 두고 편안한 마음을 가지게 한 후에 작업에 들어가려 했던 그녀이다.

하지만 당장에 백양을 써먹을 기회가 생겼기에 이렇게 접촉한 것이다.

"인사가 늦었네요. 저는 신교에서 현화단의 단주를 맡고 있는 매선화라고 해요."

"아, 음, 전 상해 어촌 마을의 의원인 백양이라고 합니다."

처음에는 그저 약선의 제자라고 하려 한 그녀는 스스로를 의원이라 말했다.

뭔가 스스로에 대한 직함을 얘기해야 할 것 같다고 생각해서였다.

"그런데 무슨 일로……? 아아, 뇌옥에 가시는 건가요?"

매선화의 등장을 의아해하던 백양은 생각해 보니 그녀가 뇌옥에 볼일이 있다고 여겼다.

그런 생각이 들자 자신도 모르게 보따리를 쥔 손에 힘이 들어갔다.

그녀에게 부탁하는 것이 어떨까 하고 고민되었다.

"저기 단주님, 초면에 죄송한데… 실례를 무릅쓰고 부탁 하나만 드려도 될까요?"

"부탁이요?"

백양의 부탁이라는 말에 매선화의 입꼬리가 올라갔다.

생각지도 못한 시점에 등장한 것이 도움이 된 것이다.

매선화가 가볍게 고개를 끄덕이자 백양이 보따리에 든 음식을 보이며 뇌옥에 수감되어 있는 유백이라는 죄수에게 전해주고 싶다는 의견을 밝혔다.

"흐음, 백 소저에게는 원수와도 같은 사람일 텐데 정말 이걸 전해도 될까요?"

"그건 알고 있지만……."

백양이 말끝을 흐리자 매선화가 빙그레 웃으며 말했다.

"아니에요. 저도 여자로서 백 소저의 마음을 십분 이해한답니다."

"아!"

"사실은 정말 안 되는 것이지만 제가 특별히 교주님께 말씀드려서 음식을 백 소저의 이름으로 전달하도록 할게요."

"저, 정말요? 감사합니다!"

선뜻 부탁을 들어주겠다는 말에 백양은 밝아진 얼굴로 머리 숙여 감사를 표했다.

반신반의했는데 일이 잘 풀리는 것 같아 기뻤다.

"아?"

그때 매선화가 갑자기 그녀를 귓가로 입술을 가져다 댔다.

그러고는 의미심장한 미소를 지으며 귓속말을 했다.

"그래서 말인데요, 저도 백 소저에게 부탁드리고 싶은 것이 하나 있는데……."

"네?"

매선화가 조용히 뭔가를 말하자 어느 순간 백양의 얼굴이 굳어져 갔다.

"제가요?"

"네. 소저께서 꼭 해줬으면 해요."

그것은 자신이 전혀 예측하지 못한 부탁이었기 때문이다.

뜻밖의 부탁에 잠시 고민하던 백양은 결국 고개를 끄덕이며 수락하고 말았다.

부탁을 거부하기에는 후에 있을 일들을 감당하기 힘들었다.

그렇게 백양이 객들이 머무는 북쪽 객당으로 돌아가자 매선화는 흡족한 얼굴로 마교의 본 단 건물로 향했다.

그로부터 한 시진가량이 지났을 무렵이다.

본 단 대전으로 현화단의 단원으로 보이는 여인이 들어왔다.

"신교의 미천한 교인이 교주님을 배알합니다."

"들어와라."

천극염의 허락이 떨어지자 현화단의 단원이 들어와 대전의 상석에 앉아 있는 그의 맞은편에 한쪽 무릎을 꿇었다.

대전에 있는 사람은 교주인 천극염과 매선화, 좌우호법뿐이었다.

매선화가 그런 그녀를 향해 눈짓을 보내자 현화단의 단원이 입을 열었다.

"교주님께 보고 드립니다. 동검귀 성 대협께서 내일 있을 협상에 참석해서 교주님의 호법을 맡아주신다고 하셨습니다."

"오오!"

왼편에 서 있던 좌호법이 자신도 모르게 탄성을 표했다.

그러다 이내 표정을 바로잡고 자세를 가다듬었다.

하지만 천극염 역시도 기쁜 마음을 숨길 수 없었는지 입가에 미소가 감돌고 있었다.

천극염이 옆에 앉아 있는 매선화를 향해 물었다.

"어떻게 그를 움직인 것이더냐?"

이에 매선화가 빙그레 웃으며 말했다.

"움직일 수밖에 없는 상황을 만들었습니다."

"움직일 수밖에 없는 상황?"

그의 반문에 매선화가 전후 사정을 설명했다.

매선화가 뇌옥 앞에서 만난 백양에게 부탁한 것은 동검귀 성진경을 찾아가 교주의 호법을 부탁해 달라는 것이었다.

그런데 어째서 약선의 수양딸인 백양에게 부탁했는지 궁금해진 천극염이다.

"약선의 딸이 그와 무슨 관계라도 있는 것인가?"

"관계라면 관계가 있지요."

매선화는 천마의 서찰을 통해 상해에서 있던 일을 알게 되었다.

그런 직후 정보단을 맡고 있는 단주인 그녀는 상해에 정보원을 파견해 백양을 비롯해 약선에 대한 정보를 수집했다.

그리고 매선화가 내린 결론은 하나였다.

"백 소저가 약선의 수양딸인 것은 아마 교주님께서도 알고 계실 겁니다."

"그래, 그것은 전에 단주가 얘기했었지."

"저희 현화단에서 조사한 바로는 동검귀 성 대협에게 슬하에 여식이 있는데 상해 어촌 마을의 어딘가에 맡긴 것으로 알고 있습니다."

"동검귀에게 여식이 있다? 설마……."

천극염의 커지는 두 눈을 바라보며 매선화가 고개를 끄덕이며 말했다.

"아마도 백 소저가 바로 성 대협의 진짜 여식일 겁니다."

"허어!"

천극염의 입에서 탄성이 흘러나왔다.

매선화는 자신이 정보원들을 통해서 수집한 정보들을 조합했다.

그 결과 그녀는 백양과 약선, 동검귀 간의 진정한 관계를 파악하게 되었다.

천마의 서찰에 쓰여 있던 동검귀가 슬하의 딸을 숨긴 시기와 어촌 마을 사람들에게 수소문해서 알게 된 약선이 수양딸을 거둬들인 시기가 겹쳤던 것이다.

"정말 대단하군. 현화단주의 능력에 본좌가 감탄을 금치 못하겠네."

"아닙니다. 누구나가 조합할 수 있는 사안입니다. 그리고……."

동검귀 성진경이 마교로 입성해 객당으로 들어간 이후 그의 일거수일투족은 현화단에 보고되고 있었다.

그런데 이상할 정도로 동검귀가 약선의 수양딸인 백양의 동선을 살피고 있음이 드러났다.

아내와 사별 이후 복수만을 위해 걸어온 남자가 느닷없이 젊은 여인에게 관심을 보일 리가 없었다.

그렇게 매선화는 이번 도박을 통해 추측을 확신하게 된 것이다.

"백 소저도 자신의 친부에 대해 알고 있나?"

"아무래도 그건 아닌 듯합니다."

"흐음, 그래? 아무튼 수고했네. 역시 매 단주는 본좌를 실망시키질 않는군. 노고를 치하하겠네."

칭찬을 하는 한편 천극염은 백양에게 친부에 대한 진실을 알려줄 생각은 하지 않았다.

그것은 매선화도 마찬가지였다.

약선과 동검귀의 한가운데에 있는 백양을 통해 얻을 것이 아직은 많았기 때문이다.

이로써 마교에서도 협상을 진행할 준비가 완성되었다.

지금으로부터 일주일 전.

하남 북단에서 남하하고 있는 천마는 호남성의 익양 부근에 이르러 있었다.

기일에만 맞추면 되기에 서두르기보다는 여유롭게 향하는 그였다.

햇볕이 유달리 뜨거운 평야가 펼쳐진 익양을 말을 타고 유유자적하게 남하하던 천마의 눈에 높게 펼쳐진 산봉우리들이 보였다.

"흐음, 말이 들어가기에는 어려워 보이는군."

저 정도로 험난한 산세라면 말을 타고 이동하기는 힘들었다.

고민하던 천마는 마침 산봉우리 앞에 자리 잡고 있는 마을에 들러서 말을 팔았다.

그리고 정오인지라 허기를 느낀 천마는 객잔에 들러 고기국수를 주문했다.

후루루룩!

객잔 바깥의 차양 밑의 탁자에 앉아 식사를 하던 천마는 묘한 이질감을 느꼈다.

"응?"

누군가 자신을 응시하고 있다고 느낀 그는 고개를 들어 주위를 둘러보았다.

하지만 주위에는 마을 주민들과 평범해 보이는 객들 이외에는 특이점이 보이지 않았다.

'이상한데…….'

예민한 그의 감각을 거슬리게 할 정도로 타인의 시선을 느낀 그였다.

고개를 돌렸을 뿐인데 예의 그 거슬리던 시선이 사라졌다.

정신을 집중해서 주위의 기의 유동을 살폈지만 그가 경계할 정도의 기의 유동은 없었다.

'잘못 느낀 것인가, 아니면 나를 속일 만큼 은신에 능숙한 것인가?'

전자라면 상관이 없겠지만 후자라면 경계해야 했다.

현경의 경지에 오른 천마의 감각은 마을 전체에 움직이는 사람을 전부 포착할 만큼 굉장히 예민했다.

그를 속일 정도라면 적어도 동급의 실력자이거나 은신에서 만큼은 상상을 초월하는 실력자일 수도 있었다.

'크큭, 뭐… 다른 의도가 있다면 곧 모습을 드러내겠지.'

마교로 복귀하는 내내 여유롭다 못해 지루함을 느끼던 그다.

그런 와중에 이렇게 즐겁게 만들어줄 상대가 나타난다면 언제든지 대환영이었다.

식사를 마친 천마는 푸줏간에 들러 육포를 산 뒤 산으로 들어갔다.

산으로 들어선 천마는 빠르게 경공을 펼쳐 숲의 높은 나무 꼭대기로 올라가 산 능선을 넘기 시작했다.

탁! 탁!

나무 꼭대기의 가는 나뭇가지에 발끝만 딛고 넘어가는 그의 경공 실력을 무림인들이 보았다면 감탄을 금치 못했을 것이다.

평소라면 땅을 밟고 산을 넘을 그였지만 마을에서부터 느낀 이질적인 시선에 고지로 이동하는 천마였다.

한참을 산을 타고 가던 천마가 인상을 찌푸렸다.

좌아아아악!

그의 귓가를 울릴 만큼 강렬한 파공음이 가까워졌다.

하필이면 천마가 나뭇가지에서 발을 떼고 허공에 있는 시점이었다.

"제법 머리를 썼군."

허공에 머물러 있던 천마의 육신이 순식간에 누군가 위에서 누르는 것처럼 밑으로 떨어졌다.

그것은 누군가에 의해서가 아니라 천마가 천근추를 펼쳤기 때문이었다.

천마의 몸이 밑으로 떨어지는 순간, 그의 머리 위로 날카로운 예기를 머금은 검강이 스치고 지나갔다.

조금만 늦었다면 그대로 검강에 직격당할 뻔했다.

"저쪽이군."

찰나였지만 천마는 자신을 향해 날아온 검강의 진원지를 파악했다.

그 순간 그의 몸이 화살처럼 빠르게 진원지를 향해 튀어나갔다.

빠르게 숲을 가로지른 천마는 검지에 기를 모아 그 진원지를 향해 수십 갈래의 검기를 날렸다.

촤촤촤촤악!

천마의 검기가 주위의 나무와 숲을 가르며 진원지를 향해 파고들었다.

그러나 최종적으로 검기가 찌른 것은 거대한 나무 기둥이었다.

"응?"

아무리 경공과 은신에 능숙한 자라고 할지라도 대응하기 힘들 만큼 빠르게 반격했는데, 그 자리에는 아무도 없으니 당혹스러울 만도 했다.

천마가 눈썹을 치켜올리며 주위를 둘러보았다.

기를 집중해도 주위에서는 어떠한 것도 느껴지지 않았다.

마치 처음부터 아무것도 없던 것처럼 우거진 숲에는 생명

체로 느껴지는 기운이 없었다.

'이상하다. 이 정도 숲이면 새라든가 산짐승의 기척이라도 느껴져야 할 텐데…….'

적이 은신한 것은 그렇다 쳐도 이 넓은 산 전체에서 아무런 움직임도 파악되지 않았다.

당혹감도 잠시, 천마의 표정이 신중해졌다.

자신의 감각을 속일 만큼 은신에 능한 자라면 적어도 화경 이상의 고수일 것이다.

어쩌면 혈교의 수뇌부급이 나섰을 수도 있었다.

'일단은 높은 곳으로 다시 올라가야겠다.'

상대가 기를 숨긴 이상 시야가 가려진 곳에서는 찾을 방도가 없었다.

천마는 다시 경공을 펼쳐 나무 위로 오르려 했다.

그 순간 그의 몸이 천근추를 펼칠 때처럼 허공으로 치솟다 곧장 땅 밑으로 꺼졌다.

쿵!

바닥이 파이며 천마는 어이가 없다는 표정을 지었다.

이건 그의 의지로 천근추를 펼친 것이 아니라 어떠한 알 수 없는 힘에 의해 벌어진 사태였다.

"나와 해보자는 거로군. 좋다."

천마는 한쪽 입꼬리를 올리곤 현천신공을 극성으로 끌어

올렸다.

그의 용천혈로 심후한 내공이 모이며 탄력이 생겨나 천마의 몸이 허공으로 솟구쳤다.

그 순간 숲 위로 뻗어 올라갔어야 할 그의 신형이 땅바닥에서 올라왔다.

"엇?"

주위를 둘러본 천마의 눈이 휘둥그레졌다.

분명 위로 뛰어올랐는데 그 위가 땅바닥 위라니 이해할 수 없는 현상이었다.

더군다나 그의 눈앞에는 좀 전에 검기를 날린 거목이 존재했다.

"설마?"

이상함을 느낀 천마는 다시 한 번 허공으로 치솟았지만 같은 현상이 벌어졌다.

그의 몸이 땅바닥에서 올라오는 것이었다.

이번에는 좌측 방향으로 경공을 펼쳤지만 역시 같은 장소로 돌아왔다.

천마는 그제야 자신이 처한 상황을 확실하게 인지할 수 있었다.

"빌어먹을, 진법이군."

진법에 갇히고 만 것이다.

천지간의 기운을 뒤틀어서 기이한 현상을 일으키는 것은 진법만이 가능했다.

어떻게 된 일인지는 모르겠으나 알 수 없는 누군가가 자신을 진법으로 유도했다.

"제기랄."

천마의 입에서 거친 소리가 튀어나왔다.

천 년 전에도 그렇고 현세에서도 한 번도 이러한 진법을 이용해서 자신을 궁지로 몰아넣은 상대는 존재하지 않았다.

직접적인 대결보다 진법에 가둔다는 획기적인 발상을 한 자는 과연 누구일까?

분노하는 천마를 멀리서 지켜보는 이가 있었다.

회색 장포를 두르고 철장으로 만든 지팡이를 짚고 있는 자였다.

"어떤 미친놈이 감히 나를 이딴 진법에 가둔 것이냐!"

분노를 참지 못한 천마가 사자후와 같은 고함을 내질렀다.

그의 고함성에 담긴 공력이 어찌나 심후했던지 진법 바깥에 있는 수풀을 비롯해 정체 모를 자가 잡고 있는 철장이 흔들렸다.

'과연 전설 속의 괴물답구나.'

떨리는 철장을 느끼며 그는 내심 감탄을 금치 못했다.

잠시 입을 다물고 있던 정체불명의 존재가 공력을 모았다.

한번 분노의 고함을 내지른 천마는 속이 시원해졌는지 다시 이성을 되찾았다.

그런 천마의 귓가로 누군가의 목소리가 울려 퍼졌다.

[마도의 대종주이자 천마신교의 창시자인 천마 공을 뵙게 되어 영광이오.]

'육합전성?'

육합전성(六合傳聲)이란 소리가 사방으로 울려 퍼져서 시전자가 어디에 있는지 알 수 없게 만드는 전음의 기술이다.

애초에 진법 내에 있기에 위치를 알아내기 힘듦에도 육합전성을 펼친다는 것은 굉장히 치밀한 위인이라는 말이다.

'내 정체를 알고 있다니?'

육합전성보다도 천마의 신경을 날카롭게 만든 것은 상대방의 정체를 알고 있다는 점이었다.

마교인과 혈교를 제외하면 현 무림에서 천마의 정체를 아는 자는 극소수에 불과했다.

'그렇다면!'

이성을 되찾은 천마는 차갑게 식은 눈빛으로 주위를 둘러보며 소리쳤다.

"네놈은 누구기에 모습을 숨기고 나를 가둔 것이냐?"

천마의 목소리가 사방으로 울려 퍼지며 대기를 뒤흔들었다.

강한 공력을 실어서 소재를 숨긴 자에게 내상을 입히려는 목적이었다.

[천마 공의 심후한 공력에 감탄을 금치 못하겠소. 음공에도 조예가 깊은 줄은 처음 알았소. 하나 소용없는 짓이니 무리해서 공력을 낭비하지 마시길 바라오.]

'이놈이…….'

사방에 고르게 울려 퍼지는 육합전성에는 어떠한 흔들림도 없었다.

적어도 음공에 실린 공력에는 영향을 받지 않을 만큼 심후한 내공을 지닌 자였다.

괜한 짓을 했다는 생각이 든 천마는 입맛을 다셨다.

차라리 본론으로 들어가는 것이 낫겠다고 판단한 그가 외쳤다.

"혈교의 잔당인 것이냐?"

천마의 입에서 거론된 혈교라는 말에 회색 장포의 존재가 잡고 있던 철장이 묘하게 떨렸다.

잠시 말이 없던 존재가 다시 입을 열었다.

[…천마 공의 입에서 혈교가 거론될 줄은 몰랐소. 하긴 그대가 현세에 모습을 드러낸 데에는 숙적의 부활과도 관련이 있겠구려.]

천마가 귓가로 들려오는 육합전성에 표정이 굳어졌다.

이자의 정체는 모르나 자신과 혈교 간의 관계를 알고 있는 듯했다.

그렇다면 혈교의 무리는 아니라는 말인데 대체 누구란 말인가.

천마가 날카롭게 눈빛을 반짝이며 주위를 향해 소리쳤다.

"네놈, 대체 누구냐?"

[본인이 누구인지는 궁금해하지 않아도 되오. 하지만 앞으로 있을 혈겁에 대비해 천마 공은 이곳에서 몇 달 정도 쉬어 줘야겠소. 여기서 죽어준다면 더더욱 좋고 말이오.]

"뭐? 죽어?"

당최 이해할 수 없는 말을 늘어놓고 있었다.

목적이 무엇인지는 모르나 천마를 이곳에 가둬두고 시간을 지체시키려는 것만큼은 확실했다.

불쾌해하는 천마의 귓가로 계속해서 육합전성이 울려 퍼졌다.

[앞으로의 향방을 위해선 천극염 교주의 마교는 도움이 되지 않소. 그러니 천마 공은 이곳에 있어주길 바라오.]

'이놈, 설마 남마검과의 협상을 알고 있나?'

자세한 말은 하지 않았지만 분명 이 정체 모를 존재는 그 협상을 아는 듯했다.

협상의 이면 속에 마교와 남마검 일파 간의 마지막 담합이 시작될지 몰랐다.

남마검 마중달이 교주인 천극염의 목을 취하고 마교를 다시 탈환하려는 것처럼 천마 역시도 그의 목을 베어 후환을 없앨 목적이었다.

그런데 여기서 협상에 천마가 빠져 버리면 전자에서처럼 마중달의 목적대로 될 확률이 높았다.

철장을 들고 있는 회색 장포인은 자신의 목적을 달성했는지 이 자리를 떠나려 했다.

그 순간 그를 경악하게 만든 일이 일어났다.

찌릿!

찌를 듯이 날카로운 예기가 그의 모든 오감을 자극시켰다.

당황한 그가 몸을 돌려 천마가 있는 곳을 바라보았다.

여전히 천마는 진법 내에 갇혀 있었는데 어째서 그의 기운이 자신을 자극하는지 알 수 없었다.

그것은 회색 장포인이 예상하지 못한 천마의 능력 때문이었다.

"네놈이로구나."

천마의 의미심장한 말에 회색 장포인은 등골에 소름이 돋는 것을 경험했다.

천지의 기운이 뒤틀려 있는 진법을 육안이나 기의 흐름만으로 벗어나기 힘듦을 깨달은 천마가 원영신을 개방한 것이다.

원영신을 열자 당연히 진법의 허상이 사라지며 숲 속 멀리 떨어진 곳에 있는 회색 장포인의 모습이 드러났다.

[허어, 놀랍구려. 설마 이 노부가 보이는 것이오?]

회색 장포인은 정말 놀랍다는 듯이 말을 내뱉더니 한 손으로 머리까지 가리고 있던 장포를 내렸다.

그 순간 천마의 눈빛이 크게 흔들렸다.

흉측한 얼굴의 회색 장포인은 두 눈이 없었다.

마치 두 눈을 강제로 파낸 것처럼 눈 주위가 상흔으로 가득했다.

[그저 가둬두기만 해도 될 줄 알았는데 노부가 천마 공을 너무 과소평가한 듯하오. 그래도 본인의 천화만변진은 선인이 온다고 해도 쉽게 깨뜨리지 못할 거라고 자부했는데.]

회색 장포인이 쥐고 있는 철장에 급속하게 공력이 모였다.

흉측한 모습에 당황한 것도 잠시, 천마의 눈이 날카롭게 빛나며 허리춤에 차고 있는 검집에서 현천검을 출초했다.

챙!

천마는 현천검에 기를 실어 회색 장포인을 향해 날렸다.

그 순간 회색 장포인을 향해 화살처럼 뻗어가던 현천검이 그에게 닿기도 전에 허공의 한 지점에서 멈추더니 물결이 파동 치듯이 빨려들어 갔다.

그리고.

슉!

"헛?"

뭔가가 날아오는 소리에 천마가 다급히 고개를 옆으로 젖혔다.

그를 스쳐 지나간 무언가가 뒤에 있는 거목에 꽂혔다.

푹!

"어떻게 이런 일이?"

그것은 다름 아닌 현천검이었다.

기이한 현상에 천마의 두 눈이 커지며 이해할 수 없다는 표정을 지었다.

이에 철장에 공력을 모으던 회색 장포인이 다시 그것을 내려놓으며 입을 열었다.

[진법을 투영할 순 있어도 깨진 못했나 보오. 후후후.]

그 말과 함께 회색 장포인의 신형이 연기처럼 사라져 버렸다.

회색 장포인의 말처럼 원영신을 개방하면서 진법을 투영할 수 있게 되었으나 근본적인 진법을 깨뜨리지 못했기에 여전히 천마는 이곳에 갇힌 상태였던 것이다.

사라진 회색 장포인의 잔류와 같은 기운을 느끼며 천마가 짜증스러운 목소리로 중얼거렸다.

"이런 빌어먹을 자식!"

대망의 협상 일이 다가왔다.

날이 더워지고 있는 시점이었기에 협상 시간인 정오는 햇볕이 유달리 뜨거웠다.

마교가 존재하는 십만대산을 비롯해 단하산 부근엔 산봉우리가 많았지만 그 한가운데 지점에는 평야 지대가 존재했다.

그들이 이곳을 협상장으로 잡은 것은 표면적으로 서로에게 위협이 없음을 증명하기 위해서였다.

협상의 전제 조건은 세 가지였다.

첫 번째, 협상을 진행하는 것은 각 세력의 수장인 천극염 교주와 남마검 마중달이어야 한다.

두 번째, 협상이 체결될 시를 위한 가마를 한 대 준비할 것.

세 번째, 양측은 각각 협상 수행 인원 열 명을 넘기지 않는다.

이것이 공통적으로 서로가 협의된 부분이었고, 그 외에 세부적인 것도 상의했지만 의견이 상충되면서 기존의 세 가지를 준수하기로 했다.

약속된 협상장으로 향하는 마중달이 넓게 펼쳐진 평야를 바라보았다.

그 옆을 걷고 있던 좌호법 노양주가 강한 햇살에 인상을 찌푸리며 말했다.

"이런 평야 지대라면 복병을 숨기려고 해도 숨길 수 없을 겁니다."

"그래도 방심은 금물이다. 지금 마교에는 마뇌 이상으로 지략에 능한 자가 있으니."

마뇌가 건재했을 무렵에도 마교에서 지략으로 명성을 떨치던 마중달이다.

그러나 지금 마교의 배후에서 움직이는 자는 그런 자신조차 예측하지 못할 만큼 지략에 밝았다.

"하나 오늘은 지략 싸움이 아닙니다, 주군."

일 장로 벽마도의 말에 마중달은 아무 대답 없이 길을 걸었다. 벽마도의 말대로 조건이 같은 상황이라면 지략이 아닌 무력이 승부를 가른다.

마중달은 어젯밤에 있던 일을 떠올렸다.

늦은 밤, 마중달은 여전히 불안함에 사로잡혀 잠들지 못하고 있었다.

그때 그의 거처로 찾아온 자가 있었다.

그는 회색 장포를 입고 철장을 끌고 다니는 두 눈이 없는 자였다.

누구에게도 약한 모습을 보인 적이 없는 마중달이었지만 그를 보는 순간 긴장된 기색을 숨길 수가 없었다.

"…어찌 찾아온 것이오, 무명(無名)?"

회색 장포인은 이름이 없는 자였다.

처음 보았을 때부터 스스로 이름이 없으니 무명이라 부르라 하였다.

그는 그분을 대신해 움직이는 사자였다.

"남마검, 그분께서 심기가 불편하시네."

"어쩔… 도리가 없었소. 식솔들과 여식을 포기하란 말이오?"

마중달의 다급한 목소리에 무명이 혀를 차며 고개를 흔들었다.

"그렇다면 그분께 직접 고해서 요청할 일이지 어찌 이런 일을 벌인 것이오?"

"그러기에는 시일이 너무 촉박했소. 만약… 만약에 그분께서 인가하지 않는다면 내 식솔들을 잃는단 말이오."

허락을 구하기에는 시일이 촉박했다.

마중달은 자신의 식솔들이 해를 입는 걸 원하지 않았다.

아무 말이 없는 무명을 바라보는 마중달의 이마에서 식은 땀이 흘러내렸다.

대체 그분의 정체가 무엇이기에 무림을 석패한 다섯 절대자 중 한 명인 남마검 마중달이 이렇게 긴장한단 말인가.

"남마검, 그분의 자비로움에 감사하게."

"…그게 무슨 의미요?"

무명의 뜻밖의 말에 마중달이 의아한 눈빛으로 물었다.

이에 두 눈이 없는 흉측한 외모의 무명이 섬뜩한 미소를 지으며 말했다.

"그분께서는 그대가 벌인 일을 탐탁하게 여기진 않지만 이것을 기회로 여기셨네."

"기회?"

"마교를 정리할 기회 말일세."

무명의 말에 마중달의 두 눈이 커졌다.

그는 무명이 자신을 처단하기 위해 온 사자라고 여겼다.

그래서 무명이 나타난 시점에 빠르게 운기하여 십 성 공력을 끌어모아 기습을 준비한 상태였다.

그러나 뜻밖에도 그분이 자신과 같은 의견이라는 말에 당황스러울 수밖에 없었다.

"후후후, 그러니 끌어 올린 공력은 고이 접어두게."

흠칫!

속내를 들킨 마중달은 당황하며 조심스럽게 공력을 갈무리했다.

현경의 고수인 그의 공력 운기를 눈치챌 정도로 무명의 무위는 가늠키 힘들었다.

"…그분께서 원하시는 것이 무엇이오?"

"모든 것은 남마검 자네의 계획대로 하면 되네. 단, 천극염의 시신과 천나연만 노부에게 넘기면 되네."

"무명 그대에게 말이오?"

예상외의 조건에 마중달의 얼굴이 한층 밝아졌다.

어차피 천극염의 목을 베고 나면 그 시신은 필요 없었고,

그 여식인 천나연 역시도 실질적으로 그에게는 전리품조차 되지 못했다.

그러나 문제는 다른 데에 있었다.

잠시 고민하던 마중달이 조심스럽게 그에게 말했다.

"혹시 말이오, 내일 있을 협상에 동행해 줄 수 있겠소?"

"음?"

그것이 어젯밤에 있던 일이다.

마중달이 대동해서 이동하고 있는 열 명 중 인질을 실은 가마 옆에서 쉬엄쉬엄 철장을 짚어가며 걸어오는 회색 장포의 죽립인이 있다.

죽립인은 그에게 있어서 반전을 꾀할 수 있는 숨겨진 패였다.

이로써 마중달은 만반의 대비를 마친 셈이다.

협상 장소로 가는 것은 마중달 일행뿐만이 아니었다.

천극염 교주를 비롯한 일 장로 탈마도 오맹추와 다섯 장로, 두 호법, 그리고 죽립을 쓰고 철갑을 메고 있는 동검귀 성진경이 있었다.

여기서 또 다른 인질이 될 수 있는 소교주 천여휘는 이 장로와 같이 마교에 남았다.

양측 전부 일반 무사들을 제외한 전력의 핵심을 이끌고 왔다.

약속된 협상 장소에는 미리 햇빛을 가릴 넓은 천막과 좌석 등이 놓여 있었다.

마치 준비라도 한 것처럼 뜨거운 태양이 파란 하늘의 한가운데 자리하는 순간, 양측의 사람들이 동시에 도착했다.

현 무림에서 수위에 꼽히는 두 세력의 양대 수장이 서로 마주 보게 되었다.

'마중달!'

'천극염!'

도착하자마자 서로를 응시하는 눈빛에 불꽃이 튀었다.

부교주 시절에는 죽마고우처럼 지내온 두 사람이 적으로 대면했다.

양측의 수뇌부는 태상교주 시절부터 시작해 검문과의 전쟁에 패하기 전까지 생사를 함께한 전우였다.

그런 만큼 그들의 눈빛은 씁쓸하기 짝이 없었다.

모시는 주군을 따라서 갈려 버린 그들은 지금부터 협상이란 이면 속에 담긴 전쟁을 벌여야 했다.

'심장을 옥죄일 만큼 강한 위압감.'

고조된 분위기 속에서 천극염 측 수뇌부의 안색이 어두웠다.

같은 편일 때는 몰랐는데 적으로 대면한 남마검 마중달의 위압감은 가히 종사라 불릴 만했다.

무림에서 가장 강한 다섯 명의 고수 중 일인다웠다.

"오랜만이오, 천극염."

먼저 입을 뗀 것은 다름 아닌 마중달이었다.

교주라는 칭호를 빼고 이름을 바로 거론하자 천극염의 뒤에 서 있던 수뇌부의 표정이 싸늘하게 굳었다.

기선 제압을 위한 것이었지만 한때나마 같은 마교인이었음을 생각하면 정도를 벗어났다.

"감히 이 작자가!"

이에 분노를 참지 못한 탈마도 오맹추의 입에서 거친 소리가 튀어나왔다. 그러자 마중달의 뒤편에 서 있던 벽마도가 기세를 일으키며 경고했다.

"오맹추 네놈이야말로 누구에게 함부로 그리 말하는 것이더냐?"

두 사람은 원래의 마교에서도 최고 수뇌부에 해당하는 수석 장로였다.

검문과의 전쟁에서 목숨을 잃은 일 장로를 제외하면 마교 내에서 최고 고수인 그들이 기세를 일으키자 바람이 일며 천막이 찢겨 나갔다.

두 사람보다 무공의 경지가 낮은 수뇌부는 최대한 내색하지 않았지만 속이 들끓고 있었다.

그때 마중달이 조용히 손을 들어 올리며 입을 열었다

"그만."

'웃?'

'큭!'

그저 가볍게 손을 들어 올린 것 같았지만 날카로운 예기가 두 장로를 휘감으며 위협했다.

현경의 고수이자 검으로 명성을 날린 남마검의 기세는 과연 명불허전이었다.

금방이라도 손을 섞을 것 같던 두 고수의 기세가 어느새 수그러들었다.

'역시 오황의 일인답구나.'

마교에서 틈틈이 조사인 천마에게 무공을 사사해 상당히 진일보한 천극염이었지만 여전히 현경의 벽은 높기만 했다.

첫 신경전에서 기선을 빼앗긴 천극염이 심기 불편한 얼굴로 입을 뗐다.

"여전히 기세가 대단하구려, 부교주."

부교주라는 말에 마중달의 눈에 이채가 어렸다.

여전히 자신을 부교주라 생각해서가 아니라 아랫사람이었음을 강조한 것이다.

하지만 마중달은 쉽게 감정 변화를 보이지 않았다.

"그 호칭은 태상교주께서 계실 때의 일이니 그대가 부를 호칭이 아니오."

"크흠."

요는 태상교주는 교주로서 인정하지만 천극염은 아니라는 말이었다.

좀 더 그를 자극해 보려 하던 천극염은 헛기침만 터뜨려야 했다. 무위에 있어서 압도적인 마중달이었기에 저런 오만한 자세를 보이는 것이 당연했다.

그렇다면 유리한 고지로 끌어들여야 했다.

"본론으로 들어가도록 하지."

"바라는 바요."

"본좌의 여식과 본 교의 신물인 천마검을 가져왔겠지?"

천극염의 기습과도 같은 말에 마중달의 얼굴이 굳었다.

분명 자신이 마교로 사자를 보냈을 때 천나연을 인질로 교환을 요청했는데 이제 와서 갑자기 신물인 천마검까지 거론하니 당혹스러웠다.

"왜 아무 말을 하지 않는 것인가?"

"천마검은……."

"분명 본좌가 그대에게 제안한 것은 본좌의 여식과 신물인 천마검이었네."

다시 한 번 강조하는 천극염의 말에 마중달이 난처함을 금치 못했다.

그래도 교주에게 있어서 소중한 딸이기에 충분히 인질 교환이 성사될 만하다고 판단했는데 여기서 더 나아갈 줄은 몰랐다.

잠시 당황스러움을 감추지 못하던 천극염이 이내 표정을

굳히고 말했다.

"그렇다면 교섭은 결렬이로군."

"음?"

"천극염, 그대의 말대로라면 교섭의 조건에 맞지 않으니 그대의 여식은 본좌가 다시 데리고 가겠네."

이번에 강하게 나간 것은 마중달이었다.

마중달이 손짓하자 가마꾼들이 가마의 입구를 열었다.

입구가 열리며 백의를 입고 혈도가 점해져 그저 눈만을 깜빡이며 고이 앉아 있는 천나연의 모습이 보였다.

그동안 얼마나 고생했는지 그 아름다운 얼굴이 수척해 보였다.

가마의 문이 열리면서 아비인 천극염의 얼굴이 보이자 그녀의 사슴 같은 눈이 커지며 눈물이 글썽글썽 맺혔다.

검문에 억류되고 마중달의 손에 붙잡히는 동안 부친인 천극염이 죽었다고 생각한 그녀이다.

그런데 이렇게 살아 있는 모습을 보니 감정이 벅차올랐다.

'아버님…….'

그런 천나연의 애타는 눈빛을 느꼈는지 강인한 천극염의 눈시울도 붉어졌다.

마중달의 수는 기가 막히게도 통하고 말았다.

천나연의 모습에서 한참을 고민하던 천극염이 이내 결심했는지 입을 열었다.

"가마 문을 열어라."

천극염의 명에 가마꾼이 가마의 입구를 열었다.

가마 입구가 열리자 마중달의 얼굴이 굳어졌다.

가마 안에는 그의 여식인 마연화가 상기된 얼굴로 혈도가 점해져 정면을 바라본 채 앉아 있는 것이다.

그가 놀란 것에는 마연화 외에도 아내를 비롯한 식솔들이 있을 줄 알았다.

그런데 예상과 달리 딸인 마연화만이 있자 당혹감을 감추지 못했다.

"이게 무슨 의미지?"

"…아무리 협상이라고 해도 공평해야 하지 않나. 그대가 협상의 절반만 이행했으니 본좌도 절반만 이행하는 것일세."

애초부터 마중달이 천마검에 관해 거론하지 않았기에 천나연만을 되찾았다는 것을 현화단의 정보망을 통해 알고 있던 천극염이다.

그렇기에 협상 장소로 나머지 마중달의 식솔은 그대로 둔 채 마연화만을 데리고 온 것이다.

"천… 극… 염… 네놈이!"

어떠한 상황에서도 이성을 잃지 않을 것 같던 마중달의 심기에 금이 갔다.

이런 식이라면 자신이 나머지 식솔들을 되찾기 위해선 검문과 상충할 수밖에 없었다.

화가 머리끝까지 차오른 상황에서 어찌해야 할지 고민하는 찰나였다.

"남마검, 이런 유치한 짓을 계속하는 것이 의미가 있다고 생각하나?"

"응?"

서로 대치해 앉아 있는 한가운데로 회색 장포에 철장을 짚은 죽립인이 걸어 들어왔다.

얘기치 못한 그의 나섬에 마중달이 당황스러워했다.

"무명, 아직 그대가 나설 만한 상황이……."

"어리석네. 식솔들에게 눈이 멀어 상황 판단을 하지 못하다니. 어차피 여기서 이들을 전부 베고 나면 고스란히 마교와 식솔들을 되찾을 수 있는데 이런 유치한 놀음을 계속할 것인가?"

명쾌한 해답이 담겨 있는 무명의 말에 마중달의 눈빛이 변했다.

이에 당황한 것은 천극염이었다.

협상 중에 난입한 천극염 일파로 보이는 자의 말대로라면 최악으로 상정한 상황이 발생하는 것이다.

천극염을 비롯한 수뇌부들의 손이 자연스럽게 검집과 도집으로 향했다.

그것은 마중달 측의 수뇌부도 마찬가지였다.

협상으로 시작된 자리가 어느새 긴장감이 감도는 전쟁 전의 상황으로 돌입되어 버렸다.

"후후후, 고민할 것이 있나? 노부가 개문을 해주겠네."

"무명?"

마중달의 말에도 아랑곳하지 않고 무명이 철장에 강기를 실어 단숨에 천극염을 향해 휘둘렀다.

기습과도 같은 일격에 천극염이 검집에서 검을 뽑아 막으려 했지만 늦었다.

그러기에는 무명의 일격이 너무나도 쾌속했다.

그러나.

챙!

"아니?"

어느새 무명의 철장이 열두 자루의 보검이 만들어낸 방어막에 가로막혀 있었다.

천극염의 뒤에서 검지를 내밀고 임전의 자세를 취하고 있는 죽립인이 보였다.

고오오오!

온몸을 수천 개의 바늘로 찌르는 것 같은 날카로운 예기가 사방을 휘감고 있었다.

마중달은 본능적으로 그가 자신과 같은 오황 중의 일인인 동검귀임을 알아챘다.

"네… 놈이로구나! 동검귀!"

동검귀라는 말에 죽립을 쓰고 있던 무명의 입꼬리가 올라갔다.

현 무림에서 다섯 손가락에 든다는 동검귀가 이 일에 연루되어 있는 줄은 미처 예상하지 못한 그였다.

"재밌네그려. 이래서 노부에게 부탁했던 것이군."

무명의 말에 마중달은 부정하지 않았다.

"그렇다면 간단하군. 노부가 이자를 상대할 터이니 그대의 일을 하게나."

그 말이 떨어짐과 동시에 무명의 철장이 뱀처럼 유연하게 뒤틀리더니 이내 열두 자루의 보검을 위로 쳐냈다.

'절대 방심할 수 없는 자다!'

이미 일수만으로 무명이 절대로 쉽지 않은 상대임을 깨달은 진경은 그에게서 시선을 뗄 수가 없었다.

동시에 두 사람이 허공으로 솟구치더니 찰나에 수 초식을 교환했다.

그야말로 용호상박과도 같은 모습이었다.

동검귀 진경과 무명이 겨루게 되자 마중달의 눈빛에 희열이 차올랐다.

혹시나 하는 마음에 무명을 데리고 온 것이 말 그대로 회심의 패가 된 것이다.

탁!

마중달이 육중한 기세를 풍기며 몸을 일으켜 세웠다.

그와 동급의 고수인 동검귀가 빠진 이상 이곳에서 그를 막을 자는 아무도 없었다.

승기를 확신한 마중달의 미소에 천극염이 인상을 찌푸리며 혀를 내둘렀다.

"…오만한 것에는 이유가 있었구나, 마중달!"

"이것이 전략이라고 하는 것이오, 천극염. 그대가 졌네."

"전략? 그렇군. 전략이라……."

허탈해하는 천극염의 모습에서 그가 포기했다고 여긴 마중달이 호쾌하게 웃었다. 그리고 검집에서 검을 뽑아 천극염에게 다가가려 했다.

바로 그 순간이었다.

슉! 퍽!

"크헉!"

갑작스러운 일격에 가슴을 맞은 마중달이 천막 바깥으로 힘없이 튕겨져 나가 버렸다.

이에 당황한 마중달 일파의 수뇌부가 일제히 검과 도를 뽑았다.

"아니, 너는?"

놀랍게도 마중달에게 기습과도 같은 일격을 날린 이는 다름 아닌 가마꾼이었다.

가마를 지고 온 가마꾼의 놀라운 무위에 모두가 당혹감을 감추지 못했다.

"네, 네놈은 대체 누구냐?"

마중달의 좌호법 노양주가 경계심이 가득한 목소리로 소리쳤다. 그러자 소삿갓으로 얼굴을 가리고 있던 가마꾼이 그것을 벗어 던졌다.

탁!

소삿갓에 가려져 있던 얼굴의 주인은 다름 아닌 천마였다.

천마가 이죽거리는 목소리로 말했다.

"크크큭, 그래, 이게 전략이라는 거지."

『천마님, 부활하셨도다』 8권에 계속…

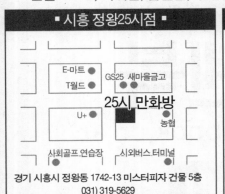

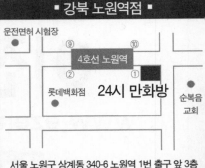

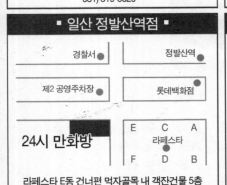

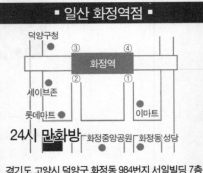

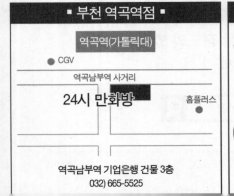

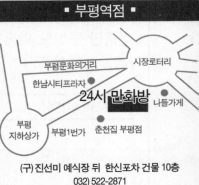